高瑀　著

广西师范大学出版社
·桂林·

醉酒艺术家

外三篇

醉酒艺术家

一点点 | 江油肥肠

有一年我在江油又多喝了几杯。

一个在当地工作的朋友，领我到了一户农家的小二楼楼顶，主人家炒了一堆小菜招待。酒是装在塑料桶里村里自酿的土烧。望出去是路边的水田，禾苗还是青的。席间来了个壮硕的中年汉子，也是村中农户，主人家招呼着一起喝点儿。那人生得鼻直口阔，特别一对浓眉凤眼，看着像庙里的罗汉。几杯下肚后酒酣耳热，他取来一个不锈钢的小盆倒满了酒，索性在椅子上盘坐起来，就更像了。

他冲我嘿嘿一笑，说："客人你来自遥远，相逢就在今晚。酒在眼前须尽欢，少一碗来不如多一碗。"他说话像唱戏，双手捏着小盆的缘儿，往桌子边儿移了移，酒就颤巍巍地漾了出来。我正看着酒发怵，他却不看我，一埋头把嘴凑到盆边一嘬，两手离盆，慢慢抬头，一股细流就"龙吸水"般从碗里卷起来了，越来越高。最后他整个挺立起上身，双手鼓腹，如起风雷，哧溜声响，眨眼间盆底就被吸了个干净。

有绝活儿啊！我惊道，这"罗汉"莫非是个同行？

我说："这位大哥这一手本事了得啊，佩服佩服。"

他摆摆手："客人开玩笑了，我就是田坎头干活路的，从小天生会的这个小把戏，给客人助个兴而已。"

我举起杯子敬他，他端起盆回我。

就这样我一杯他一盆，又看他表演了几回，喝到最后夜色四沉，我们都很醉了，朋友和主人家更是干脆打起了瞌睡。停下了说话后，才发现村子里特别安静，只听得到虫鸣和偶尔的狗叫。突然地，那"罗汉"把头扭过一边，捂着嘴，开始吭吭地干呕起来，那声音在那个时间仿佛给静谧的村子里加上了混响，恶心的程度也翻了番。我头晕目眩也正想吐的时候，噗的一声，却见那"罗汉"捧着双手在嘴边，诡异地看着我嘿嘿一笑。他把手一摊，里面赫然站着一只黄画眉，羽毛湿漉漉的，扑打着翅膀啾啾乱叫。

那只画眉鸟在我梦里叫唤了一晚上，第二天一早我被朋友叫起来去吃江油肥肠时，还在耳鸣不已。

"要不要喝一点儿？"朋友问。

一碗烧肥肠就早酒，据说是江油早年间下力人的习惯。早饭要有油水，肥肠比肉便宜，就着几碗干饭下去，再喝二两酒，这才有力气，不畏寒。

小时候还不会喝酒时，我也不吃肥肠，这是因为我有限的解剖学知识导致了我偏狭的洁癖。毕竟我知道肥肠是装屎的。还有香肠，以及一种与香肠做法类似的肉制品——把肉塞到猪的尿包里，鼓鼓囊囊的用线勒得如同一个小南瓜——我也是不吃的，毕竟我也知道尿包是装尿的。

挑食当然是不好的，特别在我那个忠诚的肥肠爱好者舅舅——他是个自诩的美食家——那里，我这种挑食基本就是种审美能力上的天生缺陷。而我们之间又有一定比例的遗传学上的关系，从小我就长得和他比较像，可在吃肥肠这件事儿上却没随他，这可能让他觉得拉低了他作为一个美食家的整体水平。他总说，"你不要这么固执，你现在是吃不惯，等你长大你就会了解吃肥肠的意义了。它不光和提高你的审美有关，还和磨炼你的意志有关。老话说，钱难挣，屎难吃。等你进了社会你就知道了。咬得肥肠，百事可做"。

　　"人类吃肥肠，可不只是吃个东西那么基本的行为，其中还具有哲学意味。一段排泄器官经过烹煮后，通过口腔进入食道而被消化以至进入另一段儿排泄器官，这象征着什么？象征一个完满的逻辑闭环。逻辑闭环你现在不懂没关系，也不要去扭着猪肠子和人肠子不一样这种细枝末节不放，众生平等懂不？把这种关系用一种动物来表现的话，就是著名的衔尾蛇图腾。"

　　舅舅在桌上用筷子画了一个圈。

"衔尾蛇，Ouroboros，象征着永恒，无限大，轮回，转换，等等。这个图腾从希腊一路东传，到波斯高原的埃兰人那里被叫作Tud'ieh。再从波斯传到中国，就发音作了'饕餮'，成为我们美食家的外号。"舅舅解释说。

　　"所以，不吃肥肠的话，是不够资格被称为美食家的。"

　　我当然不是美食家，甚至说美食家作为一个职业，我都不是很理解。不就是吃饭吗，谁不会呢？当然别人可能也会这么看待我从事的醉酒艺术表演，不就是喝吗，谁不会呢？所以不理解，肯定是因为我又偏狭了。作为一个成年人，我早已经知道任何偏狭的看法都是不对的。所以肥肠的滋味，我也早已尝过，必须承认，丰腴甘美，小孩子就是没见识。不过，当朋友热情地想要教我体会出江油肥肠与四川其他地区的烧肥肠之间，那种他谓之为"风土"带来的味觉差异时，还是超出了我的能力范围，说明我审美审得还是不够深入细致。我当然不想承认这点，只好把舅舅的那套理论搬出来应付。

"说得好，不吃肥肠不足以称美食家！"朋友深表赞同，"我一直就认为，传统对肥肠的研究视野都太狭窄了，就是讲讲食材处理、烹饪方法、味型变化，再有点儿民俗掌故，太肤浅了。不像你这个，你从图腾符号、语言传播的角度来谈，有点儿新意。说实话，我最近在着手的工作，就是准备从历史考证的角度来讲我们江油肥肠。"

"历史考证？"我疑惑道。

"对。我问你，我们江油除了肥肠，更有名儿的是啥子？"

这太简单了，众所周知，江油是诗仙故里。我说讲起李白，我们这行当里，国内不少人都供他做祖师爷的。

"好，那你晓不晓得，李白吃没吃过我们江油肥肠呢？"

我想了想，李白家是从西域而来，应该是吃牛羊肉的。他没出川时，跟着赵蕤住过一阵子大匡山，赵蕤修道高人，是吸风饮露的，李白跟着他学习，这么看来，应该都没吃过肥肠。

"从目前有限的史料来看，你这么推测也不算离谱。但历史果真如此吗？我们可以大胆假设，小心求证嘛。"朋友端起一碗醋汤说道。

"所以最后李白到底吃过吗？"

直到很多年后再去江油，在一家烧烤店又和他见面，喝酒闲聊间，我才想起来问。

"你还记得这事儿呢？"朋友嘿嘿笑了笑，"只能说我后来有了人证，但还缺少物证。"

他说，准确来讲，不应该叫人证，应该叫狗证。

那是一条黑白花的大狗，他就是在前头李白纪念馆门口遇见的它。那天很晚了，他喝醉了脚下不稳，摔了一跤，它啵嗷- 嗓子突然就从墙角的阴影里蹿了出来。

"狗日的，吓老子一跳！"他下意识骂了一句。

"你龟儿才吓老子一跳！汪！"他说他竟然听见狗龇牙咧嘴地回骂道。

"你到底是喝了多少啊？"我问。

"我开始也以为是我喝太多听错了，可你要说一两声可能是我听错了，但那天我们聊了一晚上，千真万确，它必须会说话。"

关于他和狗后边的对话，是这样的——

他："我到底是醉了还是醒起的？"

狗："醉了的人都觉得自己没醉，醒起的也不见得就是真醒起。"

他："你真的是狗？"

狗："真的是狗。汪汪汪。"

他："你是狗你为啥会说人话？"

狗："你觉得狗不会说人话，那你为啥要和狗说人话？"

他一下就被这个问题问愣住了："咦，你说得有点儿道理哦。"

"你问我就答，你思故我在。"狗说。

"这又是啥子意思？"

"你看，你明明觉得我是狗，不会说人话，可你还偏偏要拿人话来问我。如果我就汪汪两声回你，是不是显得你在发傻？你想证明你是傻的吗？"

"肯定不想啊。"

"所以对了嘛，我肯定要拿人话来回你啊，这就叫'你问我就答'。"

"那啥子又叫'你思故我在'？"他不由点头接着问。

"还是这个道理啊，狗哥我为啥子要在这儿？如果我不在呢，你又是对着哪个在讲话呢？"狗绕着他转了个圈儿闻了闻，"好了，还要问啥子一会儿再问，先把你手头这包卤菜给我吃点儿。"

他才反应过来手里拿着宵夜没吃完打包的卤菜，赶紧推过去。大狗拱开袋子，兀自吧嗒吧嗒地啃起来。

"你说你，大半夜的，一个人喝那么多做啥子嘛。"它咬着一根鹅翅膀嘎嘣作响，斜眼看着他。

"哎呀，还不是工作需要。"

"你是做啥子的？"

"我在单位搞宣传工作的。最近要打造人文江油、美食江油、山水江油历史文化名城，有很多稿子要写，喝点儿酒激发激发灵感。"

"啥子灵感哦，我又不是没见过你们这些……自以为是个文化人，就找些借口，把自己喝成这副鬼样子，不但害己，还要害人！"

他摆摆手："狗哥此言未免差矣，太白斗酒诗百篇，不喝酒，李白写不出来那么多诗，他就没有那么高的文学成就，今天谁还会知道我们这么个小地方呢？我们的宣传工作还怎么开展？"

"汪！汪！汪！"大狗猛地一阵狂吠打断了他，"闭嘴，少在我面前提起那个姓李的，提起老子就恨！"它龇着牙愤愤地说。

"哎，狗哥莫动气，这又是从何说起啊，李太白好久又惹了你哦。"

它吐出一块儿碎骨头舔了舔嘴，鼻子哼哼了一声。

"不说也罢，那都是开元年间的事情了……"

狗哥后来说，它曾经还是他时，是青莲镇上的一个屠户，杀猪宰羊，日子过得好好的。他那年三十二，刚生了第三个孩子，是个姑娘，他很喜欢。大儿子已经定了婚事，再过两年就要娶亲，下半年他还准备翻修一下房子，整个人生计划美好又充实。可谁曾想，天降横祸，把什么美梦都搅碎了。

出事那天，快至午时，一个红着脸一身酒气的少年公子站在了他的肉档前，高鼻深目，衣装华贵。他纳闷这天光大亮的才什么时候就喝这么多，也奇怪这样的人怎么会跑到自己的肉档来。但来的就是客，只管接待就是。

公子说，先切五斤羊腿肉来，一丝筋也不要，剔干净给他细细地剁成馅儿。剁完羊肉后，公子又说，再切五斤肥猪肉来，一丝红的也不要见，也细细地剁成馅儿。他手脚麻利地又剁好后，公子半天没说话，在肉档上来回看，突然指着放在案板下木盆里的一堆下水问："这是什么？"

"这是肥肠，公子。"

"切五斤！"

"等等，"我打断朋友，"我说得了啊，鲁提辖拳打镇关西的故事谁都看过，你这改编不及格啊。"

"我当时也是这么给狗说的啊。狗说它这事儿比鲁智深早，大唐开元五年，《水浒传》写出来，那都是六百年后的事儿了。"

说回狗讲的故事——那公子要切肥肠，这让他有点儿犹豫。他说："这位公子，我不是不给您切，只是这东西太贱，实在是不配您这身份吃的。"

公子一摆手："什么身份不身份的，我吃得吃不得，关你什么事儿，快快切来便是！"

行，你要耍宝是你的事。反正都是买卖，给钱就是。他干净利落地切好五斤。

"也剁成馅儿。"

"公子，这肥肠没有剁馅儿吃的啊。"他没好气地解释道。

"是吗？"公子有点儿不相信地斜眼看他，有点儿不甘心似的接过递去的肥肠。突然眉毛一拧，一把将肥肠扔回到他脸上，其力道之猛，肠子缠上面门两头儿还来回摔打在腮帮上，没洗干净的猪粪也被甩出来溅了满脖子。

公子大怒："这么屎臭的玩意儿你是存心消遣于我吗？"

他一下也火起了！肥肠哪里有不臭的道理！到底妈的谁消遣谁啊！别以为你是富家子我是个屠户，我就没有尊严了！哇呀呀冲上去就打。哪曾想对方身手了得，未及近身他就被踹了两脚。他又冲上去，又被踹回来，冲上去，踹回来，如此再三。这让他又羞又恨，好歹在这附近街面上，别人也尊他一声苟哥，有点儿鸡毛蒜皮的事儿还会请他调解调解，今天被打成这样面子还要不要啊？于是他看见案板上的刀，伸手就抄了起来。那公子看他亮了家伙，也从袖中抽出一把匕首。宝石镶嵌，寒光透亮，很是好看。但等再想看第二眼的时候，匕首就在他的肚子上了。他捂着肚子向后倒去，匕首抽离时才觉出疼来。血流了一裤裆，他倒也不怕，开膛破肚的事儿他每天都干。他低头扒开衣服看了看自己的伤口，竟然被割开了三寸来长，翻开的皮肉上似乎还能看见白色的油光，肠子开始一点点流出来了。看着是挺像的，他想。

看着看着，他就这么死了。

"死了？"

"死了啊。"狗哥说他跑去地府告状，说自己死得好冤枉，阎王却告诉他，杀他的人还在阳世管不了，即便死了他也打不赢这官司，人家是谪仙下凡，编制在天上，不归地府，就打发他乖乖去排队等投胎了。后来他当过猪，当过鸡，当过爬虫，当过河虾。

"这一世，也不晓得是啥子运气，兜兜转转，结果又投到这江油当了条狗。"

"我一直在犹豫要不要把这事儿写出来。"朋友说。

　　"觉得没物证，怕不够充分？"我故意问道。

　　"不是不是，主要怕影响不好。"他说。

哥俩好 ┃ 重庆火锅

　　话说三国时候，李严做了江州都督，召集了一千童男童女、五千头大黄牛、一万个工人开始修城。五千头大黄牛运来黄土，筛好，掺长江水和成泥，叫五百个童女光脚踩匀。踩好的泥晒干又筛三遍，再掺嘉陵江水，叫五百个童男光脚踩匀，晒干又筛三遍，加入江边的河沙拌好备用。五千头大黄牛随着工程的逐步开展，被分批宰杀，祭祀以祈祷工程顺利。祭祀完成，李严命人把肥膘都剔下来炼油，内脏下水分留给筑城工人做伙食，把肉都抬回都督府自己家。

版筑之时，土里再掺进炼好的牛油，撒入花椒。牛油加快了夯土的固化，增加了防水性，还可以提高城墙表面的光滑度，让人手脚打滑难以攀爬，安全性也得到了增强。花椒有良好的驱虫效果，本城的公共卫生水平也有了大幅提升。李严在给小皇帝刘禅的报告中如此写道。

小皇帝表示看饿了。他听说在江州因为李严筑城，工人们发明了一种吃食。他们偷用工地上的牛油花椒加水煮开，将分发下来的牛肚牛肝牛鞭牛黄喉各种内脏下水，围炉边烫边吃，据说滋味无穷，这吃法迅速地就在江州普及开来，坊间偷偷以李严的表字命名为"正方锅"。

"最近成都城内据说也有了。"小皇帝对一旁的相父诸葛亮说道。

这让诸葛亮很不高兴，说皇上还是要好好读书，不要就晓得吃吃喝喝，要时刻铭记北伐统一、重振汉室的大业。另一方面，李严作为白帝城托孤时先帝安排给他的副手，这些年一直和他不对付，结果到江州去了也不安分。自己作为成都"军屯锅盔"

名义上的发明人，一眼就看出这个什么"正方锅"绝不仅仅是老百姓吃饭那张嘴的事儿，这是关乎老百姓说话那张嘴的事儿。这摆明了就是李严的一次政治挑衅，是群众路线上你死我活的斗争问题。这让他非常不高兴。

终于，建兴九年（公元231年）诸葛亮找到了机会，一举把李严贬为平民，流放梓潼。

可历史的兴衰是难以预料的。虽然李严在政治斗争中失败了，但"正方锅"后来一直在民间流传并不断改进，最终衍变成为今天的"重庆火锅"，流行到了世界各地，压倒性地超过了"军屯锅盔"在全世界热爱饮食的人民心中的地位，这是神机妙算的卧龙先生也没想到的。

"所以你看，今天成渝两地说起来铆起[1]，其实是因为李严和诸葛亮是铆起的，火锅和锅盔是铆起的，是一千多年前三国时候就结下的梁子。"

老头儿言之凿凿地对我说。

---

1 铆起，重庆话中相互咬着牙眼之意。

老头儿说自己是被生活耽误的历史学天才。我刚认识他时他就这么说。那是在通远门城墙附近的一家火锅店里，堂子不大不小，摆了大概十来不到二十张桌儿，黑黢黢地只亮着几盏白炽灯，照成一片冷色调，只有火锅的红彤彤的滚汤是暖的。我点了毛肚、鸭肠、腰片、豆芽和海白菜，还有一件老山城。山城啤酒分新老，新的贵，老的便宜。我那时很年轻，也很穷，每个月的酒钱都要做好预算，酒量也要做好预算。但我那天很想透支一下，想喝醉，因为我觉得自己可能失恋了。

之所以不确定是因为我觉得从逻辑上讲，失与得是相对关系，在没有得的情况下是不能谈失的，这样不严谨。但感性上我觉得自己像条着了火又漏了水的破船，那姑娘的心冷得像高原上的湖，我就想那么淬火似的冒着白烟儿沉到她心底去。最后我忘记了逻辑上的失恋不成立的问题，我的身体彻底变成了船，啤酒就是水，一个劲儿咕嘟咕嘟地往里漏。酒漏得多，菜却剩在桌上没吃两口，这让老头儿看不下去了。

"崽儿，是我的火锅不好吃，还是啤酒太好喝哦？那么好喝你还点啥子菜嘛，花这些冤枉钱个人回家又可以多喝好多哦，多安逸呢？"

是的，火锅店的老板儿就是老头儿。

我那时已喝得晕晕乎乎的，竟没听出他话里带刺儿。我摇头说："我不回去，我哪儿有家啊，我们醉酒艺术家，讲的是'居无室庐，幕天席地，纵意所如'。"

前面已经说了，老头儿自认为是被耽误了的历史学天才，所以他当然听出来我念叨的这两句是刘伶的《酒德颂》。

"耶耶，可以哦，还晓得刘伶。"

"咦，可以哦，你也晓得。"我听他这么一说突然来劲了，吧啦吧啦接着就把全文背完了。

老头儿一边听，一边在我对面的椅子上坐下来，面色也开始缓和。他点点头，问我："背倒是能背，那我问下你，刘伶为啥子要写这篇颂？"

"嗐，因为他喜欢喝酒啊。"我抬手又去拿酒杯。

"那我又问你，他，还有其他那些个竹林七贤，又为啥子那么喜欢喝酒啊？"老头儿示意我先别急着喝，"你要答上来，今天你啤酒接着喝，火锅接着吃，我请你。"

"喜欢喝酒还需要理由吗？"我眼神失焦。

"不需要吗？"老头儿眼神如炬。

我当然没答上来，那天最后云里雾里地，乖乖听老头儿给我讲了一晚上魏晋政治形势与玄学兴起的关系，而玄学又与佛教相互影响，最后大道汇流，成就我中华文明之浩浩汤汤。

"哎呀，今天讲不完了，下回，下回来吃火锅，我接着给你讲。"老头儿说。

老头儿后来给我说，他生在储奇门那边，老汉儿做点儿小生意，是礼字堂的袍哥六爷，小时候常带起他在江家巷那边的茶馆耍。他对历史之所以感兴趣就是在茶馆里听先生讲《三国演义》听的。后来重庆解放，虽然他老汉儿表现好，公私合营时主动积极，但曾经的身份还是在后来导致老头儿学业虽好却没有资格考大学。这让他很难过，意志消沉，一直消沉，消沉了二十年，直到他下岗，为了生活开了这家火锅店。店里工作辛苦，他起早贪黑，炒料熬底，洗菜切菜，日复一日，仿佛没有尽头。他本是重庆人里为数不多不爱吃火锅的人，因为他老汉儿沾染了城市小资产阶级的坏毛病，觉得火锅都是信字堂那些力帮袍哥喜欢吃的，自己作为礼字堂的六爷，吃这个不太体面。他觉得他老汉儿这种看法非常不革命，要狠狠地批判，但遗传战胜了觉悟，这让他很无奈，也很郁闷，毕竟他现在要靠卖这个人民群众喜欢的东西讨生活，他不能自绝于人民。

他每天就在这种别扭的状况下，发出灵魂的叩问：我为什么要卖火锅？他们为什么要吃火锅？我为什么要卖火锅？他们为什么要吃火锅？我为什么要卖火锅？他们为什么要吃火锅？

为什么要卖火锅这个问题很简单，因为他们要吃火锅。但他们为什么要吃火锅呢？

"吃火锅需要理由吗？"

"不需要吗？"

不断的叩问终于在某一天让他想起了被搁下多年的对历史的热爱。要解决他们为什么要吃火锅，就得搞清楚火锅是怎么出现的这个问题。这是个知识考古的问题。于是他每天关了店门之后家也不回，把自己关在店里的一间小黑屋里，一头扎进各种故纸堆中，开始潜心考证，终于皇天不负有心人，他写出了《从火锅的发明论蜀汉政权内部斗争问题及成渝两地文化差异之源流》这一石破天惊的研究成果，也就是本章一开头简述的那段故事。

写完最后一个字的时候，他说感觉自己如仓颉附体，屋外开始下起瓢泼大雨，电闪雷鸣。从此之后，他找回了人生的意义，不但从火锅来研究历史，也用历史来研究火锅。在那间小黑屋中，他查史料写论文，也查史料熬锅底。论文他寄给各家文史期刊，都没有收到回复，最后他甚至寄给了重庆市火锅协会，结果那帮没文化的说他们看不懂，这不免让他有点儿壮志难伸之感。不过他试遍各个历史时期的配方，去粗取精，不断总结，熬制出来的锅底却越来越受欢迎。人民群众奔走相告，慕名而来者甚众。

"你晓不晓得为啥子重庆火锅要做这么辣？"有一次老头儿问我。

我说："因为江边湿气重，吃辣椒可以去湿气。"他轻蔑地摇摇头。

"人云亦云。当年'正方锅'发明的时候，美洲都还没发现，也没得辣椒吃。但一旦传进来，就迅速地被重庆人爱得欲罢不能，又是为啥子呢？"

　　辣是什么？辣其实根本不是味觉，辣是痛觉，相当于拿无数的小针往舌头上扎。谁喜欢痛呢？没人喜欢痛，但当痛和欢愉相关联之后就不同了。想当年李严修江州城时，诸葛丞相一个劲儿地催工期。诸葛亮催李严，李严就催下面的官儿，下面的官儿就催工头儿，工头儿能催谁啊，只能小皮鞭啪啪地抽工人啊。工人们被抽得嗷嗷叫，痛苦不堪。支撑他们坚持下去的，就是晚上收工时工地上飘香的"正方锅"。吃了火锅浑身又充满力气，燥热不已，他们就想回家找老婆。挨鞭子，吃火锅，找老婆。挨鞭子，吃火锅，找老婆。巴甫洛夫式的，这三件事就这么被联系起来了。记忆就这样被深深刻进了一万工人的基因，他们又特别爱回家找老婆，子子孙孙何其多，基因代代相传，即便经过了历史上的无数瘟疫和战乱，也从未断绝，而是在食茱萸、花椒、生姜之中时隐时现。直到千年之后，辣椒传入，心中蛰伏的欲望才再次被强烈地唤醒。

"伴随着痛楚的欢愉比一般的欢愉更欢愉，夹杂着痛苦的美味比一般的美味更美味。"

老头儿说这话时双眼放光。看着瘆人。

我说："你怎么说得这么变态呢？"

"这是学术，你懂啥子？"老头儿拿出他新写的论文《论封建时代劳动阶级的性心理与辣椒的食用历史》放在我面前。

我说："就看这题目就没人会给你发表的。"

老头儿白了我一眼，说："你等着看。"

这天之后，老头儿就改了店里的规矩。所有食客都得在门口排队拿号，先在前厅等着。前厅也熬着一口锅，背后支着块儿小黑板儿，他端坐锅边。都先得听他从火锅说开去，纵古横今地上完一段儿历史课，才能由服务员阿姨领到座位上开始点菜，并且九点前必须吃完走，不能耽误他搞研究。火开之后，他才去小黑屋里拿出一大瓢秘制底料加进锅里，当面熬煮一番。这时他会竖起他满是老茧的中指，猛一下插到汤里一蘸，送到嘴边一抿——麻辣甘鲜，浓淡调和——不无得意地欣欣然一笑，也不管食客惊吓的表情，转身就走，插下一桌儿去了。

我问："你们接受这种方式吗？"

"霸道！"

有种"事了拂衣去，深藏身与名"的大侠之感。食客们都说。

这句评价像句谶语。很多年后的一天，我结束了几个月的外地巡演回重庆，想说去老头儿那儿吃火锅吧，结果走到门口，大门紧锁，透过门缝儿往里，一团黑什么也看不见。我抬头看，招牌也拆了。我问隔壁饭馆的人，只说关了好一段儿时间了，也说不清楚是为什么。不知道发生了什么，不知道老头儿去哪儿了。老头儿和他的火锅店，就这么悄无声息地成为历史，消失不见了。

三桃园 | 塔希提的玛格丽特

　　我从天津坐船到塔希提走了一个月。

　　高更从欧洲坐船到塔希提走了两个月。

　　他之前在巴黎过得不开心。老婆带着孩子住在丹麦，他自己和模特儿在法国鬼混。在艺术圈混了也有十年了，但画不好卖手头很紧。最重要的是，那帮子印象派的老朽已经堕落得像当年的沙龙艺术家一样，却站在舞台的中心半步也不肯挪。他想挤一挤总能慢慢挤到中间去，结果却把自己挤下来了。此处不留爷，自有留爷处。他一气之下远远地跑到了南太平洋。

　　和他相比我就要走运得多了。我中了奖，奖品就是旅行社提供的这张到南太平洋的船票。虽然其实在一定程度上我也像他一样不得志，一样穷。这年头，愿意看醉酒表演的人越来越少了。如果不能在十秒钟内吸引他们，没人愿意坐下来看接下来的。可醉酒表演是门儿过程的艺术，需要仪式，需要铺垫，上来哇哇就吐这纯粹是耍流氓。事业前景让我很苦闷，旅行社也不接受我把船票转赠或者折成现金的提议，我只好亲自来考察下醉酒艺术在邮轮市场的拓展可能性了。说不定呢，我这么安慰自己。

　　但我很快就灰心了，在船上的剧场里，演员们轮番上场，乐队演唱、舞蹈、魔术、杂耍、滑稽戏一个接一个，哪个都跟打了鸡血似的热情洋溢，观众们却看哪个都像余兴节目。作为一个醉酒艺术家，我虽也坐在台下，可没有批评表演界同行的意思。我只是客观描述我前后左右的观众们更在意的是吃果盘嗑瓜子，拍照片和视频分享到社交媒体上。他们甚至都只通过自己的手机屏幕来观看。在邮轮上，人们一定程度上把这些表演当成某种附赠的、可有可无的服务，所以不会太认真也是可以理解的。不过偏狭的所谓作为一个艺术家的尊严感，让我在那一刻多少有些愤怒和尴尬。虽然我不想承认，不过艺术家的确是种别扭的生物。一方面我们渴望你们心里只有我们，但另一方面，你们把目光落在我们身上后，我们又会莫名其妙地骄傲起来，不太看得上你们。可转过头一旦被你们冷落了，挫败感和自尊心又会让我们加倍看不上你们。我也是这种生物，并且是别扭加倍的那种，因为我认识到了前一种别扭后，展开了自我批判，并希望能摆脱这种别扭。但我当了太多年艺术家了，积习深重很难改，这造成了另一层的别扭。双份儿的别扭让人沮丧，而表演现场打击了我把醉酒表演带到邮轮上谋个机会的想法，于是沮丧也变成了双份儿的。

我迫切地需要喝一杯。我迅速逃离了剧场，跑到顶层甲板上的酒吧要了杯酒。

"威士忌加冰，双份儿，谢谢。"

这是我唯一喜欢的"双份儿"。

“啊，你怎么也在船上？”

我喝第三杯时，有个女人走过来打招呼。看我愣住没动，“怎么了？认不出了？”她又说。

怎么可能呢，她走过来那一瞬间我就认出她了，化成灰我也认得出的。这么说不是我和她有多大的冤仇，而是相反，我太喜欢她了，喜欢了好多年。我只是对这种戏剧性的重逢没有心理准备。

“没想到居然会在船上碰到你。我们有八年没见了吧？”我用了三十秒调整心绪。

从此之后，我们差不多每天都会在船上碰面，去餐厅吃饭，去甲板躺着晒太阳，去酒吧喝酒，等船靠岸就一起去游玩。我从未拥有过这么多和她在一块儿的时间，比从我认识她第一天到在船上再遇见她之前的所有时间加起来还要多得多。这简直是比中了这张船票还要幸运一万倍的巨奖。并且和那些戴着卡通面具去领取巨额奖金的中奖者一样，我也在努力掩饰自己脸上的狂喜，保持克制与距离。对了，还要控制喝酒。面对她我忍不住地就想喝酒，像在沙漠里走了好远的路的傻骆驼跪倒在泉水边一样贪。但我并不想把我平常的节目表演给她看，特别是在我为自己的事业正发愁的状态下。我不敢想象她看了我的表演之后会有什么反应，我需要小心翼翼地维持现状。

"你看过这本书吗？"晚上喝酒时她拿出她一直在看的《月亮与六便士》问我。

"翻过几篇没读完，你给我讲讲吧。"我撒了个谎。

这书我根本连封面都没翻开过。但我不能承认自己无知不是？不管这个谎有没有被看穿，总之她和我讲了不少书中那个艺术家的原型——高更的故事，他怎么瞒着老婆放弃了挣钱的工作要去画画，怎么和凡·高相互欣赏又决裂搞得对方要割耳朵，怎么穷困不堪又各种风流快活，怎么一路自我放逐跑到了塔希提。这样在一开头儿我才知道说他到这里花了两个月。

在塔希提下了船，我们就想直接先去高更博物馆，遗憾的是在码头游客中心，当地一个左耳朵戴着一朵白花的胖姑娘告诉我高更博物馆在装修，去不了。但来都来了，我们决定那就四处转转。我找了一辆车谈好了价格。司机是个看上去三十来岁的胖男人，穿着蓝白花儿的夏威夷衬衫，相当热情。

他把车停在海边一块空地上，指着说这就是高更最早来岛上时的房子。我们俩下车认真地看了一圈儿，试图感受艺术家一百多年前的精神遗存。我不知道她感受到没，反正我反复确认了这就是一块空地，连树都在马路那一侧。但我不想把我确认的结果说出来，这有点儿扫兴，因为我站在她侧面静静看着她，鼻子的线条优美，颧骨凌厉，很是好看。不要破坏气氛。我想。

到海滩后，我心想可以继续扩展一下这种对线条的审美的范围了，但她不知道为什么拒绝了我下海游泳的提议，只想躺着晒晒太阳。我的诡计落空，永远无从得知她穿泳衣的样子了。为了掩饰失落，我提议喝一杯。她要了一杯玛格丽特，我要了一杯金汤力。我为司机点了一杯咖啡。我说："那个所谓的高更故居是你瞎编的吧。"

"我发誓，千真万确。"司机一手按在胸口，笑着对我说，"这是我太太太祖母说的。"我数不清楚他说了多少个"太"，但肯定是个老人家。我说你家这位可够长寿的。他说老人家当然不在了，这事儿是家族里一辈儿一辈儿传下来的。

那时他这位前面不知道加了几个"太"的祖母还是十五六岁的少女。我们都知道，高更来到岛上后，生活作风一如在法国时，没少找小姑娘谈恋爱。加了很多个"太"的祖母也是其中一个。巴黎来的情场浪子先是请天真热情的塔希提少女穿着衣服坐在椅子上为她画像，后来又让她脱了衣服躺在床上为她画像。高更很喜欢她，不光给她画像，还为她取了个法国名字。

司机指了指她手里正喝着的酒，"和这个一样，玛格丽特……"

少女玛格丽特知道，高更虽然喜欢她，可他也喜欢别人。后来事实也证明，他在塔希提结了婚，还结了两次，但新娘从不是她。看着自己越来越大的肚子，她很伤心。但她能怎么样呢？面对高更这样的人，他是风暴，她只是风暴里一只无助的小海鸥。她被赶出了现在已经是一块空地的那间屋子，独自回到村里生下了孩子。再后来，玛格丽特的孩子又生下了孩子，孩子的孩子又生下了孩子。

"这就是我知道那个地方的原因，"司机喝完了咖啡，"我现在也有了两个孩子。"

"玛格丽特恨他吗？"她问。

司机耸耸肩。"不知道。也许吧。反正都是一百多年前的事情了。"

那天晚上，司机把我们送回码头。我和她决定在附近吃了晚饭再回船上。

餐厅有波利尼西亚风格的草屋顶伸进海里。我们坐在廊下，月光照在海面上。我看着她烛光映照下的脸因为喝了几杯微微发红，但我完全不记得那天吃了些什么菜。我只记得因为司机的那个故事，我们一杯一杯地点餐厅里的玛格丽特。

"为玛格丽特干杯。"她举杯。

"为了爱。"我举杯。

"你知道这杯酒为什么叫玛格丽特吗？"

她微笑着摇摇头，嘴唇抿着盐边儿。

"盐是眼泪的成分。柠檬汁是一把心酸。这是一位调酒师为纪念他去世的墨西哥恋人专门调制的。

他的恋人就叫玛格丽特。"我看着她的眼睛，完全无法移开。

"今天两个玛格丽特的爱情故事听起来好像都有点儿伤感呢。"

我以前很少喝玛格丽特，因为在我的表演生涯里，玛格丽特的基酒——龙舌兰是个禁忌。每个醉酒艺术家都有自己的配方，这取决于自身的条件和对表演风格的追求。比如有的艺术家喜欢用一种强烈的情感来开场，然后慢慢转到小河一样的平稳节奏，最后汇入池塘沉默如谜，那么一般就会用酒精度高、见效快的烈酒唤起亢奋的状态，续以酒精度较低的发酵酒类，但具体用什么酒来搭配这需要用身体不断尝试。有些风格不是谁都适合的。我认识的一个日本艺术家就搞砸过。他曾经也想尝试这种风格，他选择了用伏特加开场，之后为了突出民族特色选择了传统的日本清酒，结果原定两个小时的表演，他只用了四十五分钟就醉倒了。剩下的时间里观众们居然在台下安静地听他打呼噜，直到灯光亮起才安静地鱼贯退场。大清早他冻醒过来时发现现场的帐篷被拆掉了，除了身下躺着的小舞台，什么都没了。整个剧团连夜收拾好东西把他扔下跑了。

他的自信心受到了沉重的打击，他气急败坏地对我诉说。

我说："你得了吧，你要换个地方那么演，观众当场就得把剧场拆了，直接给你绑高楼上挂着去。等你醒你要不给他们加演一场缩骨逃生术你就别想下来。"他吓得直吐舌头，说："难怪你们那边儿的表演都要显那么多硬功夫，原来都是观众栽培得好啊。"

后来他又做过几次配方试验，总结出都是清酒惹的祸。作为一个日本人，在表演时他再也不能喝清酒了，这多少有点儿遗憾。好在他后来在服装、发型和化妆上狠下功夫突出特色，搞出来一种业界称之为"视觉系"的表演流派，颇领一时之风骚。

说回我，龙舌兰对我就像清酒对他一样，会惹祸。不知道是幸还是不幸，我不是墨西哥人，表演时不能喝龙舌兰不会让我有多大遗憾，可也让我失去了像日本同行一样另辟蹊径的压力，以致于到现在还是个不上不下的半截子艺术家。但那天我可没有心思为事业上的问题停留半秒钟，也把关于龙舌兰的禁忌搞忘了，我满心满眼都只有她。这从侧面也说明了我还是个半截子艺术家的一些原因。

半夜醒来时我在自己船舱的地板上。从到门儿的距离判断，我应该是进门儿就躺地上了。我四下看了看，嗯，她不在。我庆幸邮轮没有扔下我跑了，可死活也想不起怎么从那家餐厅回来的。我掏出手机想问问她，看看时间又犹豫了。太多的玛格丽特夺走了我的记忆，我害怕我会不会不由自主地做了一场灾难性的表演，我不敢想象她的反应，不敢想象我能不能承受，如果和她在船上目前美好的关系急转直下的话。

我爬起来到卫生间用冷水洗了一把脸。镜子里的脸因为宿醉开始浮肿，有一根鼻毛钻了出来。我凑近想剪掉，才发现它都白了。我看了它好长一会儿，直到困意再次袭来。

"可惜我们的船不去希瓦瓦岛。"

船到了博拉博拉，我在甲板抽烟时碰上了她。

她看上去神情自若，这让我大松了一口气。

"为什么要去希瓦瓦？"我尽量自然地问。

"高更最后死在那里。"

我点点头，不知道说点儿什么。我想问昨天发生了什么，但开不了口。

她要了一根烟过去，我帮她点着。倚在栏杆上，她眼睛微微眯着看着我，似笑非笑。

我可能永远都不会知道了。我突然有点儿绝望。

船回到天津后，我们在码头上分别。她从机场飞上海，我坐火车去北京。

我说常联系啊。

她说，谢谢。

四季财 | 醉酒艺术家

我第一次看醉酒表演的时候差不多八岁。

那年夏天县城里最大的事儿，是在郊外的红旗水库，有人捞起了被砍断的手脚。后来又在另外两个水库捞起了别的部分，拼在一起才知道是死了个女人。在拐弯抹角人人都互相认识的县城里居然出了碎尸狂魔，这无疑是爆炸性的新闻。一时间人人都在聊这事儿，有人说我知道死的就是那谁谁谁，那天说去了省里结果再也没见回来，有人说我看就是那谁谁谁杀的人，这手法不是杀猪宰牛的干不出来。从认尸到破案，很多人都乐在其中。连我们小学生也不例外。

那年夏天第二大的事儿就是来了马戏团。他们在县里体育场的草地上扎起了高高的帐篷。几个大铁笼里关着老虎、狮子和狗熊。另一边拴着两匹马，比县里拉车的那种高大得多。还有一只猴子，穿着花衣服，戴着顶滑稽的帽子。一个头上中间光溜溜两边儿留着卷毛儿的壮汉穿着黑坎肩，手上缠着嵌着大铜钉的护腕在走来走去，不时和四个穿着粉红色粉蓝色亮晶晶衣服的女人说话。

我和胖姑坐在远处的篮球场看台上。我问胖姑："你看过马戏吗？"胖姑不是女孩儿，但他家那个小脚婆婆和他妈把他养得又胖又白，他讲话细声细气，兜里永远揣着炒瓜子，特别爱和人聊天儿，这很影响课堂纪律，班主任就把他调到了第一排和我同桌。胖姑这个外号就是我取的。

他想了想，摇摇头。

县里应该从来没来过马戏团，我从越来越多聚过去看热闹的大人脸上的神情猜测。

开演那天晚上来了好多人，我和胖姑好不容易挤到靠前的地上蹲下来时，刚耍完猴儿，轮到头上光溜溜两边儿卷毛儿的壮汉上场。他在场上绕了两圈儿，把护腕和腰带紧了又紧，架起几块红砖，开始一阵猛劈，先是用手劈，接着用脑门儿劈。随着他不停地开合吐气，帐篷里红砖的粉尘越来越浓，搞得前排的观众视线模糊，流泪打喷嚏，开始纷纷求饶：大师大师，你收功吧，不要再劈了。

玫瑰色的烟尘里，壮汉模糊的身影一拱手："兄弟我走南闯北，初到贵地，各位要觉得兄弟演得还行，就给兄弟来点儿热烈的掌声！"

大家哪敢不从，话音未落，掌声雷动，鼓掌如鼓风，带动空气流通，一会儿就吹散了粉尘。这时才看清一地的废砖头中间，壮汉昂首站立，已经多了一条大麻绳粗细、五彩斑斓的蛇缠在臂上。他举着蛇，又开始绕场展示，不过这回走得就比之前慢多了，因为他不时得踢开脚下挡路的砖头。壮汉说："大家实在是太热情了，下面我再给各位表演一个内家气功。"

说罢他扎开马步，嘿的一声呼，一手捏住七寸把蛇举高，一手扶着蛇的尾巴，开始把蛇往嘴里送。这可吓坏了众人，见过吃蛇的，见过吃生的，可没见过吃生蛇嚼都不嚼的啊。看他一截儿一截儿地往下送，我开始感觉那蛇像是钻进了我的肚子，它在里面用力摆动，我开始胃痛。等他终于吞完了整条蛇，他又一拱手："各位各位，这蛇我已经吞下去了。"他张大嘴证明给前排的看，吓得几个妇女小孩惊叫不已。他转到我面前时我也赶忙躲开了，除了怕蛇蹿出来，我还闻到了一股混着腥气的烟臭味儿，这加剧了我的胃痛。

"吞个蛇不叫本事，把蛇吞了再弄出来这蛇还不死才叫本事。各位掌声够热烈的话，兄弟这就给大家演一回！"

于是在掌声中，我看见他右手食指拳起抵住右鼻孔，鼓腹运气，哼哧哼哧擤鼻涕一般，竟然那蛇就一点一点地从左鼻孔里钻了出来。看到那蛇重新缠上壮汉手臂吐着信子，胖姑也开始不舒服，他说他再也不想吃面条了。从那以后他果然看见面条就犯恶心，生怕会从鼻孔里跑出来，甚至因为拒绝吃面，一度瘦了五斤，搞得他那小脚婆婆和他妈很是担心。

因为我和胖姑都不舒服，那天后边演了些什么我们都难以集中注意力观看，完全没印象。这让我们觉得很亏，对不起票钱。我们想，在马戏团离开县城之前，还是要去再看一次。

　　我们再去时，是马戏团在县城的最后一晚上。和上次比起来，帐篷里人明显少了很多，稀稀拉拉的。我们看了老虎跳火圈，狮子走钢丝，狗熊骑自行车，猴子耍金箍棒，还有两个漂亮女人站在马背上，一边跑一边跳舞。万幸上次表演劈砖吞蛇的那个壮汉今天没出来，倒是出来个瘦子，蜡黄脸中间扑着一圈白，大红鼻头儿，戴着动画片里画家爱戴的那种顶上有个小把儿的帽子，上面穿件儿洗得有点儿发白的肥大中山装，下面是县里武术队训练时穿的那种有两条白杠的紧身裤，趿拉着双军绿色的大雨靴，看着挺好玩儿。他说："大家晚上好，下面由我来为大家表演一段儿醉酒艺术。"

　　"众所周知，醉酒呢是一门灵与肉的艺术，讲究的是四门功课——喜怒悲思。这四门功课又分三个层次，喜怒是第一层，悲是第二层，思是最难的，第三层。"

瘦子推出来一个小车，台面上铺着红色的金丝绒，五个杯子按从小到大的顺序排得整整齐齐，小的牛眼杯那么小，大的像体育比赛的冠军奖杯那么大。他又拿出来一个白色的方形塑料桶，我知道里面应该是酒。我跟着我爸下馆子的时候，他和他的朋友们都会提一个这样的桶，里面装着一种乡下叫作"biang dang"的酒。这个名字写不出来，是指一种声音。喝了太多这种酒走路不稳，脚下一滑，一跟头摔在地上就是"biang dang"一声。

　　他郑重地举起酒桶，笔直地在空中画了一条水平线，酒从桶口流出，画出一条银色的垂直线。像数学老师在黑板上平移大三角板一样，画满五条平行线，五个杯子从小到大哗啦啦地就倒满了，绒布上一滴不洒。他从最小的杯子拿起："所谓喜怒，顾名思义，就是在喝酒的过程里欢喜愤怒。我喝欢喜了，讲笑话做怪相，还要逗得您也欢喜。我喝着喝着，想起个人好生气，比如说我们团长，扣我工资了，我生气，我愤怒，我就得骂他，要骂得口吐莲花，骂得大珠小珠落玉盘才叫好。骂不过瘾，还可以动手，打得赢，要打个桃花朵朵开，打不赢，我就是狗熊耍醉拳出丑博各位一乐。"说完他一仰脖子喝完了第一杯，端起第二杯也一饮而尽。

"我这五杯酒有个说法，叫五灯会元。前两杯喝的是喜和怒，下面两杯喝的是悲，最后的大杯喝的是思。"

第三杯是个搪瓷茶盅，上面还用红漆写着什么什么留念。他双手捧着嘬了一口沿口儿接着说："悲是什么，我们团长扣了我工资，我要打他，他一练气功的，对，就之前表演劈砖那位，一身的腱子肉，我也打不过，被揍得鼻青脸肿的，想到这儿我就悲从中来了。"他眼泪就开始流下来了。

原来那个头上光溜溜两边儿卷毛儿的壮汉是马戏团的团长啊。我和胖姑对看了一眼，同情起这个瘦子来。这时观众更少了，一些大人站起来开始离场。

舞台中间，瘦子已经开始放声大哭，脸上的白色被眼泪冲花了，留下一道一道的沟壑，中山装胸口一圈也被打湿，看着很邋遢。我很困惑，我之前根本没听说过什么醉酒艺术，虽然之前也没看过马戏，但至少从电视上见过些镜头，大概能知道是什么样儿的。眼看着瘦子已经把周围的地面都哭湿了，像极了幼儿园的小朋友尿裤子。虽有些滑稽，但这样的表演形式还是挺难理解。

他喝干了搪瓷盅，随手扔到一旁，站起来脱下脚上的大雨靴，控了控流到里面的泪水再穿上。端起第四杯。这杯子像个大花瓶，我家搭着蕾丝桌布的茶几上插塑料花的那种。他鼻子一吸，眼泪止住，摇摇晃晃地在原地转圈儿。

"真正的悲是哭不出来的。那是解决不了的问题，是逃避不了的问题。是恐龙要灭绝，是星星要坠地。是田坎上长了一朵花，被猪淋了泡尿，踩进了泥里。是大半夜的走山路，没有月亮，爸爸摔下了崖，也要一个人走下去。"

我根本听不懂他在说什么，看他转圈看得我头晕脑涨。胖姑在一边眼皮已经开始打架，帐篷里就剩下了不到二十个观众。我告诉自己，已经亏了一次票钱了，不能再亏，这回怎么也得看到最后。而且我是个自尊心很强的人，我觉得自己是个聪明孩子，不应该看不懂，只要再努力一下就可以的。

他边喝边唱起歌来，全是些情啊爱啊的流行歌儿，声音嘶哑，在不在调上不太确定，但我觉得唱得挺差的。

　　"欸，我告诉你们，爱情，爱情是什么，爱情就是夜里过坟地，你不知道会碰见什么鬼。爱情不是搂搂抱抱，不是柔情蜜意，那些都是短暂的，是肉体的。我告诉你们，最妙的爱情是没有。《诗经》读过没有？'窈窕淑女，君子好逑'，求之不得，那就要辗转反侧。求不得多难受啊，求得了也难受。英国有个大文化人，姓王叫王尔德，他说人生的悲剧有两种，一种是得不到，一种是得到了。"

　　他走到一对儿搂在一块儿的男女面前说。这显然打扰了别人的兴致，女人嫌弃地白了他一眼，挽着男人扭屁股走了。

　　"得不到还是比得到了要好。得不到不过心怀遗恨，得到了却是一心幻灭。都是悲剧，一个绵绵无绝期，一个是灰尘落了地，选一个的话，还是选一个感觉有盼头儿的嘛。"

　　我开始有点儿生气了，为这些莫名其妙的鬼话。我开始怀疑他是故意的，这样我就听不懂，我的自尊心就会受挫。可就像他说的，他是个被团长扣了工资还要被揍一顿的可怜鬼，他莫非以为靠说这种乱七八糟的话打击了我这个小学生就能赢回点儿什么吗？

这时他跌跌撞撞走到小车边儿颤巍巍捧起最后一杯——那个大奖杯，好像他是个冠军似的。这也太可笑了，我感到难以忍受。即便很多年后，我也进入了这个行业，既听得懂鬼话，自己也说过不少，但回想起这场表演也还是觉得很糟糕。这是我醉酒艺术的第一堂启蒙课。如果不是因为它很糟糕，给我造成了那种困惑乃至气愤并久久不能忘记的话，说不定我会是个别的什么人，科学家、医生、县长，或者大老板什么的。

但我只成了另一个醉酒艺术家。可能比起那天的瘦子我演得好多了，不用和马戏团搭班，可以做专场演出，表演时能喝上比较贵的酒，有些观众会给我送花，甚至有年轻姑娘和我握手时抠过我的手心儿，但本质上我们还是一样的，是想象自己能捧起奖杯的可怜鬼。在刚入行的时候我可是不会这么承认的，但经历了这些年的表演工作，酒精不光消耗了我的身体，好像也消耗了我的心气。一个醉酒艺术家会得很多职业病，肠胃系统或者心脏上的慢性病，身体的外伤更是常有。抑郁也很常见，我甚至听说过一个前辈在表演时精神分裂了。所以只是消耗点儿心气的话，我已经很幸运了。

而且我已经来不及成为别的什么人了。我看着镜子里我新长出来的白鼻毛想。

那天后来那个瘦子又演了些什么我就不知道了。因为不堪忍受，我和胖姑挨着打起了瞌睡，还是我爸把我们叫醒的。散场了，他来接我回家。迷迷糊糊地跟着我爸走出帐篷时我回头看了看，舞台上方的大灯已经黑了，就留下两串小闪灯还在亮着。那个大奖杯的金色黯淡下来，瘦子抱着它躺在地上，一动也不动。

我问我爸："那个人是死了吗？"

"他喝醉了。"我爸说。

夏天快结束的时候，我和胖姑坐在烈士陵园旁边的露天游泳池逮水虿玩儿，游泳池边儿长满了绿油油的水华，像绸子一样。

胖姑说："你知道吗，水库碎尸那个人被抓到了。"

那人是县里烟草公司的，叫李德焉，他杀的那个人是他的情妇。他不想和那个情妇好了，情妇不同意，他就把她杀了，切成一块儿一块儿，装在塑料桶里。他夜里骑着自行车，拿着鱼竿儿和塑料桶去水库。他把尸块儿扔进水里，洗干净桶，再钓一晚上鱼，第二天一早又骑着自行车回家，塑料桶里还有几条鱼。他连着去了好几晚上才把尸体扔完，钓回来两大盆鱼，吃也吃不完，都分给了邻居。

　　"我二姑父就是烟草公司的，他们家都分到过一条。"胖姑说。

五魁首 | 苏格兰威士忌

　　我很喜欢喝苏格兰威士忌，无论是在表演时还是私下里。所以那年有个机会去苏格兰演出我很高兴。我在爱丁堡停留了三天，在戏剧节期间的一个临时小剧场演了两晚，现场反响还不错。我还有几天空闲的时间，所以结束演出的第二天我听从朋友的建议，租了一辆车从爱丁堡往北走。

　　到达夫敦的时候已经是下午五点多了，在小旅馆打了个盹儿之后我就出门儿了。镇子很小，以钟楼为中心，往东南西北各走两三百米就能找到所有的餐厅。我找了家在街角有落地大窗户、铺着白桌布的。我点了烟熏三文鱼作头盘，主菜点了炖鹿肉，都是很有苏格兰特色的食物。我要了一杯苹果酒，一边等菜一边看威士忌酒单以决定喝什么。

三文鱼不错，鹿肉也不难吃。喝完苹果酒后，配着菜我又喝了七八杯不同酒厂和年份的威士忌。酒足饭饱，八点多快九点，但北方高纬度的夏季，天还是很亮。也没有别的地方好去，我决定去树林里散散步再回旅馆。

大概走个四五百米，路过一片草场，看围栏里的两头高地牛打了会儿架。这种牛都留着长长的刘海，经常遮挡住眼神，这让人和同类都很难判断它的心情，就难免会造成彼此误会，有时一误会可能就打起来了。这就像以前我们县里的台球室、游戏厅什么的也老有年轻人打架，究其原因，他们的刘海也都很长，还五颜六色的。

看它们打完，再走一两百米就钻进了树林子。林子里大多数是高大的杉树，矮的灌木可能是金雀花，过了花期，我就判断不好了。小路旁一块石头上刻着字儿，说这儿有野生动物，猫头鹰啊刺猬什么的，瞎转了一会儿，我都没看见。额头走出一层薄汗后，我找到一张椅子坐了下来。美味的威士忌的余味还留在嘴里，微醺和散步唤起的多巴胺让我感觉非常惬意。我望着前方的一大片麦田，墨绿色的穗子已经长很高了。远处有个已经荒废的小城堡，再远处能看见一家威士忌酒厂的烟囱在冒着白烟。

突然从林子里吹出一股冷风，害我一哆嗦。就算是夏天，苏格兰的晚上也还是会有点儿凉。我看了看时间开始往旅馆方向走。这会儿天色就比较黑了，林子里要更黑一些，我凭着感觉依稀辨明道路，眼看着正前方有灯光了，却被一垄很深的灌木挡住。我只能顺着绕开又走了一段，倒也还能看见灯光，但好像越绕越远了。我又看了下时间，十点二十八了。我有点儿着急了，脚下加紧两步，转过一棵歪脖子树。这时我看见右前方有个人影坐在一把椅子上，椅子的前方是麦田，再往前隐约能看到个城堡一样的轮廓——这不就是我刚才坐的那把椅子吗？

要不是那个背影明显比我宽大很多的话，我就要怀疑我是不是踩进了什么时间隧道往前回溯了十几分钟了。但显然本文不是科幻文学，我也远还没喝到失去理性的程度，我决定去问问路。

　　"晚上好，打扰了，我想回镇上，不过……我好像迷路了。"

　　那个背影转了过来，看样子是个大胡子老头儿。他说："晚上好啊，你是要去镇上哪里？"

　　我说了旅馆的名字，他哈哈一笑，说："那就在我家旁边。走吧，我给你带路。"

　　路上他问我从哪儿来，我说我从中国来。他又问："来苏格兰玩儿吗？怎么到我们镇来了啊。"我说："对，有一点儿工作，然后玩儿几天。我喜欢喝威士忌，所以来了。"这回答让他很高兴。听人说只要你说你喜欢威士忌，多少都能唤起些苏格兰人对你的好感。他似乎起了聊天的兴致，又问了我不少。我说："现在中国挺多人爱喝苏格兰威士忌的，我很小的时候在中国就听说过威士忌的名字，通过一本漫画，漫画里面有个人是个船长，酷爱喝酒。那本漫画叫《丁丁历险记》，你知道吗？"

　　老头儿又是一乐，说："这不都我小时候看的吗，看来咱们年纪差不多啊。"

这时我们已经走到了大路上，有了路灯，我才发现老头儿的头发胡子都是暗红色的，脸颊和鼻头也红扑扑的，眉梢眼角有股子喜气。

　　他说："你知道吗，我以前也做过些年船长，跑商船去过南美，亚洲到过新加坡、泰国，但没到过中国。镇上有家中餐外卖店你去过吗？还挺受欢迎的，我有时也会去买。"

　　我说："我在国外很少会去吃中餐，主要是觉得还没有我做得好。"

　　"你是厨师？"

　　"不，我是个艺术家，艺术和厨艺是相通的。"

　　"艺术家啊，哪种艺术呢你做的？"

　　"嗯，怎么说呢，一种表演，你听过醉酒艺术吗？"

　　老头儿摇摇头，但这个名字引起了他的好奇。我于是用我勉强凑合的英语尽可能简单地说明了一遍。我说："其实类似的艺术形式存在很久了，很多地方都有，只是不普遍。现代真正意义上的醉酒艺术表演形式经整理规范乃至创新，慢慢被更多人了解，其实也就是近几十年的事儿。"

"所以你们每次表演都会把自己喝醉吗？"老头儿问。

"这既是表演得以开始的原因，也是这门儿艺术的基本道德。我们是表演，但并不是假装。"我说，"我们可以假装爱，假装恨，假装感动，假装正义，假装开心或难过，但是我们不应该假装喝醉，就像我们不能假装肚子不饿一样。"

老头儿若有所思地点点头，突然停下来面对着我。

"你看，我家马上就到了。看，再过去几幢房子就是你的旅馆。不如先在我家喝一杯，我们再聊聊你的表演如何？"他突然提了一个议。

我有点儿犹豫，老头儿似乎太热情了一点儿。但如果他不是这么热情，也不会这么一路给我领过来。

"来吧来吧，我可有不少好威士忌喝。"老头儿挤了下眼，在我肩膀拍了一把。

他还真会找人弱点啊，这老头儿。

老头儿的确没蒙我，他的书房里满满两墙的架子上都是威士忌，很多标签我都认不得，认得标签的很多没见过那个年份。我虽然不是行家，但工作关系，对于威士忌收藏还略知一二，老头儿这两墙可不少好东西。我给他伸了个大拇哥儿。

老头儿嘿嘿一笑，随手拿了一支酒招呼我坐下。

"我们先尝尝这瓶儿吧，和我同年生的。"老头儿说。那是支麦卡伦（Macallan）1948。

老头儿说自己叫查尔斯·福克斯（Charles Fox），这样以后我们就可以称他为老福克斯了。他就出生在本镇，但更早更早之前他们家族是从南方的罗克斯堡搬来的。

"因为打仗，你知道的吧？"老福克斯摇晃着杯子说道。

"我讨厌打仗，我们家族很早就定下了一个祖训，就是别掺和人类的战争。"

我说："据我所知，苏格兰历史上仗也没少打啊。"

"不错，但我们家族从没有人上过战场。无论对面是英格兰人还是德国人。"

"我看过《勇敢的心》，"我说，"威廉·华莱士是英雄，带着大家是做正义的反抗啊。"

老福克斯深深闻了一口威士忌说，斯特林桥战役胜利后，华莱士打到了纽卡斯尔附近，他有一位先祖，当时躲在那边的山里，目睹了战胜者的作为。

"没有什么好的战争，朋友。"他有点儿严肃。严肃得像是我们那一刻身在某出讲究政治正确的正剧里一样。我不喜欢这样的气氛。

我赶忙找了个话题。"老福克斯你知道吗，在中文里威士忌是什么意思。威士是威猛的勇士，忌就是害怕。是说明这酒很烈，威猛的勇士也要害怕。我不是勇士，所以我不害怕。"

"我也不是勇士，我也不害怕。"老福克斯举杯。

"为不是勇士干杯。"我说。

那天晚上老福克斯又拿出几支好酒，一支比一支精彩，我喝得得意忘形，只知欢唱酒神颂歌；老福克斯喝得眉飞色舞，就想痛说革命家史。他说他有一位先祖，曾经差点儿被亚历山大三世的猎狗咬死，还有一位先祖，在玛丽女王小时候去法国之前，当过她的玩伴儿。

"但最有趣的是我一位叫托马斯·福克斯（Thomas Fox）的先祖，他的故事我给你好好讲讲。"

老福克斯说道。

"不过讲他的故事，需要喝点特别的。"老福克斯站起身拉过梯子，从架子的最上面一层取来一支酒。瓶子上落满了灰尘，没有标签。他擦了擦，撕开发黄的封口膜，往两个新杯子里为我们各自倒上。

"尝尝看。"

酒是挺深的琥珀色，闻起来香气有点儿淡。我喝了一口，怎么说呢，有点儿糟糕，像是喝到了块刚捞起来的沉船木，烂木头味儿混合着带咸的水味儿。我疑惑地看了看老福克斯。

"这就是托马斯的杰作。"他顽皮地眨了下眼。

托马斯·福克斯是个酿私酒的。在苏格兰和英格兰联合之后，他躲进了斯凯岛的山里。那个地方很偏远，征税官逮人也得费好大的劲。托马斯是个讲诚信的酿酒师傅，绝不兑水，真材实料，还时不时琢磨改进工艺，提高品质，生意慢慢做得风生水起，一时间在私酒贩子和酒鬼们那里，福克斯这个字号就是有质有量的保证。

但人的名儿树的影儿，终于，一天征税官带着人突然就冲进了作坊，根本来不及掩盖现场和逃跑，托马斯被逮了个正着。眼看着辛苦劳动的成果要被罚没，他可不甘心，但暴力对抗国家的征税官也不是玩儿的。这位托马斯也不是一般人，除了酿酒外，他还会变戏法，早年间学过。他稳定好情绪迎上前去。

"征税官大人，不知您大驾光临，所为何来？"

征税官说："你少装蒜，你这一屋子的酒都是没上税的，来人，都搬走！"

托马斯说："哎呀大人，这可是天大的误会啊，这些桶虽然是我的，但里面都不是酒啊，不信您随我来看。"

只见托马斯走到一个橡木桶边，敲开桶壁的塞子，吸出来一杯金黄色的液体递给征税官。征税官取过一闻，一股子臊味，又喝了一口，恶心得马上吐了出来。

"这他妈是什么破玩意儿？"征税官怒不可遏指着鼻子骂道。

托马斯不慌不忙说道："尊敬的征税官大人，我是个热爱医学的人，我在研究一种灵药，从斯凯岛上采集了数种植物，浸泡在狐狸尿中，长期饮用可以强身健体，祛病延年，您刚才那口要没吐了喝下去的话，起码可以回家让您夫人给您再生个大胖小子儿。"

征税官被托马斯唬得将信将疑，但嘴里那股子臊味还是让他觉得有点受羞辱。他又命人连着打开了好多桶，结果倒出来都是这种药草狐狸尿，他这才相信眼前这个年轻人的确非疯即傻，居然会跑来制作这种奇怪而恶心的药。

"配这药这狐狸你可得逮不少吧？"

"回大人话，我们热爱医学的人也热爱别的生命，狐狸都是我精心喂养的，养一段时间收集够分量的尿之后就放归山林，然后再喂养另外一批。此药需要把不同年龄、不同季节的狐狸尿相互调和，才能最大程度发挥药效。"

那天征税官悻悻而归，但也没有走空。临走托马斯给他捎上了两大瓶灵药让他试试，保准管用。此后的每天晚上，征税官都会梦见一群一群的狐狸拥进他家，吃他厨房里的肉，啃他客厅的家具腿儿，在他的地毯和床上拉屎撒尿。噩梦让他睡不好，一天天地，导致大白天他说也开始在家里看见狐狸了。但家里其他人都看不到啊，就带他去看医生、看教士，都看不好。久了大家都认为，征税官不是疯了，就是傻了吧。

"这不会就是那狐狸尿吧？"我指着杯子里的酒问。

当然不是，老福克斯赶忙说明，那就是托马斯作弄征税官的小戏法，怎么可能真的去搜集那东西。但现在我和他喝的这个酒，的确就是当年托马斯酿造的，这批酒几百年来一直在家族里传承，到今天数量也不多了。

"不管味道怎样，这都是三百年前的威士忌的味道啊，朋友。"老福克斯说。

第二天一早，我是被一个遛狗的老太太叫醒的。她的狗发现了我。

"我还以为你死了呢，年轻人。"老太太一脸嫌弃地看着我说。

我看看她，看看周围，十分茫然。我既没在老福克斯的书房里，也没在旅馆，我躺在一片树林里。

这件事让人费解。我后来还凭记忆去找了老福克斯他们家，推门进去却发现是个炸鱼薯条店，老板也不姓福克斯。

这事儿困扰了我几天，一度让我怀疑自己是不是喝太多了，搞得在达夫敦参观威士忌酒厂的时候都没怎么敢喝。但到了奥克尼群岛后，我很快就把这忘了，因为我遇上了另一件事儿。

那是我到后的第二天晚上。白天我参观了被称为世界最北酒厂的高原骑士（Highland Park），又在斯卡帕（Scapa）酒厂的草地上远望了下英国皇家海军的战舰皇家橡树号被击沉的海湾，还看了一个巨石阵，吃了一家不错的餐厅。等往住处回的时候，开始起大雾，白色的雾气汩汩地从道路两旁的草丛里往路中间涌，车的远光灯只能照亮前边儿两三米的地方。这很影响开车，但我喜欢这种天气，我看过一篇杂志文章，说这说明我还比较浪漫，内心比较有安全感，反之比较不浪漫的人和内心比较没有安全感的人，就会觉得大雾不但阻碍视线、造成行车不安全，而且湿空气对呼吸也不好，有害健康。要是再看过些恐怖电影的话，就还会生怕从雾里跑出什么奇怪的东西来，显得神经兮兮。

但是，仿佛是为了向我证明神经兮兮没什么不好、神经兮兮是对的，那天晚上，的确就从雾里跑出了奇怪的东西。

说这个前，我先交代下我住的地方。那是海边高地上的一个营地，走到最边上的围栏那里可以把海湾一览无余。草地上有几栋小木屋，还有两顶帐篷。我就住其中一顶。此地在苏格兰最北，常年凄风苦雨，有肃杀之气，据说能见太阳的天数很少。所以即便是夏天，我窝在帐篷里生了柴炉子，灌了暖水袋，裹了一床被子，还是很冷。就这么凑合睡到半夜，被尿憋醒，爬出去在浓雾里摸索着上了洗手间。一来一去，风一吹睡意也没了，我索性撩开帘子，守着炉子坐在帐篷口抽根烟。

怪东西就是这时开始出现的。我先是听到窸窸窣窣的响，起初像是风吹，之后像是小动物在草丛里钻，再之后开始有了节奏，感觉一步一步的，缓慢但挺重。这就听着是个大家伙了。我停下不抽了，认真辨认。声音开始越来越响，往我这边儿来了，这让我有点儿紧张，我开亮了手电筒，可雾太大了，那点儿光亮就像投进大海的一根竹筷子，白茫茫的浪卷来就什么也看不到了。

然后，白浪里突然冒出来两截儿树杈，对称着向我移动过来。这是哪棵树成了精啊？我想起了凯尔特神话里好像有这说法，赶忙捏紧了手电筒。

随着那两截儿树杈走得更近，雾里显出更多的轮廓，下面像是连着一个倒梯形。有点儿像头鹿啊。我知道苏格兰鹿多，估计这头是在雾里迷了路跑这儿来了。是鹿就不用紧张，鹿是吃素的，反倒是我，这不前几天还吃了炖鹿肉吗。

我饶有兴致地看着那鹿依稀显出它粗壮的腿来。一步，两步。一条，两条……不对，怎么就两条腿啊，这鹿莫非是立起来了？也不对，立起来它走不了几步啊。

我越看越像是人走路的姿势。越来越近，从浓雾中，赫然就走出来一个浑身白毛、鹿头人身的怪物！我背心立时起来一层冷汗。

怪物大概一米九高，每枝鹿角有好多叉，头是正常的褐色，以下却是白色的长毛覆盖全身，那毛像牛毛，比较粗，一些地方沾染了泥水打着结。它在离我还有三四米的地方停住不动，把它无神的眼睛对着我。我也盯着它，谁也没动弹。

"能给根儿烟吗？"一个沙哑的声音问。

我怔住了。是这怪物问我？

"能给根儿烟吗？烟——"看我没反应，它竖起两根指头比画抽烟的样子，又问了一遍。

"吧嗒，吧嗒……"它举着手指模仿了两声抽烟。

我这才看到鹿头下面有一张人脸，声音就是那里发出的。那是一张白种男人的脸，说不好年纪，二十多到四十多好像都说得过去。灰白色的络腮胡很茂密，和身上的白毛混在了一起。眉毛以上都被戴着的鹿头遮住，所以整张脸露出的部分实在有限，难怪我之前没发现。

深更半夜荒郊野地的，遇到一个打扮得像野人一样的人找你要烟抽，比起遇到一个鹿头怪物或者树精什么的明显更可怕啊。我赶紧把手边的半包烟扔过去。他往前走了几步，捡起来抽出一根放到嘴里。

"能把火机借我用用吗？"怪人说。

我又把火机扔给他。这回我扔得用力，他一把接住，点燃美美地抽了两口。

"谢谢。"

他把火机塞到烟盒里，准备抛还给我。

我说："你留着吧，慢慢抽。"他又表示了一遍感谢。虽然语气冷硬，但他的礼貌还是让我多少松了一口气。

"中国人？"

我点点头。他抽完了一根又续了一根，完全没有离开的意思。

"朋友，你看，外面太冷了，你能让我也烤烤火吗？"他得寸进尺了。我想要拒绝，但他面无表情，搞得我很不好判断，拒绝的话他会有什么反应。

后来的事情是这样的。那天我和怪人一起围坐在柴火炉旁时，我已经知道了他的名字叫安迪。他告诉我自己穿成这样，是因为他是一位德鲁伊。我表示听不懂这个词儿，他解释说他是个萨满，来自一种古老的宗教。他的宗教崇拜大自然的神力，遇到我之前他一直在荒野里进行一种特殊的修行。更早之前，他说他也是个普通人，在格拉斯哥干过很多工作。餐厅、超市、加油站、搬家公司、外卖什么的干了一圈。日子过得很平凡。

很平凡。他又强调了一遍。直到他被神感召之后，他才发现以前的自己不光是平凡，还是庸俗，是堕落。也不光是他自己，是整个世界都庸俗，都堕落。

"我们该回到正确的道路，重新建立起与自然的关系。"他说。于是他毅然离开了格拉斯哥，进入苏格兰广阔的山林原野，进入大自然的神力世界。截至遇到我时，他已经修行了整整九百九十八天了。再多修一天，到第九百九十九天的时候——

"通过仪式，我能变成一头鹿。"他一脸严肃低声告诉我。

听到这话我头都大了。大半夜的，本来碰见个陌生人已经让人很不安了，结果这人还一嘴鬼话。面对这种人，我觉得我还是少搭话为妙。

"除了仪式，我们还需要点儿别的东西，帮助进入和神的对话。"

他从身上那层白毛里摸索出来一个东西，一个透明玻璃瓶子，没有标签。他径自拿了放在炉子上的两个搪瓷杯，把里面的热水倒到帐篷外，开始往里倒玻璃瓶里的东西。

"尝尝。"他把杯子递给我。我迟疑没伸手。

"你会得到神的祝福的，朋友。"他盯着我，口气显得不容置疑，递杯子给我的手并没有收回去的意思。

我只好硬着头皮接过来。

"这是什么？"我问。

"神的饮料。"

我开亮手电筒往杯子里照了照，液体是琥珀色的，又小心翼翼将鼻子凑上去闻了闻。

"嘻，这不就是威士忌吗？"我说。

"威士忌就是神的饮料啊。"

喝完那瓶"饮料"又抽完两包烟的时候，天已经亮了。雾气消散，奥克尼难得地出了太阳。安迪正了正戴着的鹿头，站起来理了理身上的毛，走出了帐篷。

"朋友，再见。神会祝福你的。"

我后来又见过他一次，应该是。几天后我在爱丁堡机场候机时，在电视上看到一则新闻，说苏格兰警方抓获了一名流浪汉，他被控潜入一名收藏家家中，盗走了一瓶古老的威士忌。画面里该流浪汉被捕时衣着怪异，神志不清，他坚称自己是一头鹿。

六六顺 | 狄厄尼索斯时间

　　般若汤不是汤，是酒。这是我去日本高野山旅行时，在一家叫遍照尊院的寺庙吃斋时从菜单上看到的。般若汤是热清酒，冷般若是冷清酒，麦般若是啤酒。我觉得这种叫法挺好玩儿的，这种摆明了就是要自欺欺人的调皮，还冠冕堂皇说喝进去的是般若——智慧——的做法，挺像是有些老醉酒艺术家的逻辑。不得不说，很多醉酒艺术家在从业生涯后期，都会越来越难以区分表演工作和私人生活的界限，最后变得无时无刻不在喝酒。他们的解释是，他们喝的其实哪里是酒啊，喝的是辛勤工作的汗水，是阅尽沧桑的泪水，是为艺术献身的血水。为了艺术上更上一层楼，他们必须让自己一直处于宿醉不醒的状态，只为得到一道闪电，得到某种启示或者说觉悟。关于这种神秘体验，他们甚至发明了一个词：狄厄尼索斯时间。

我年轻的时候对这种胡说八道相当鄙视，觉得这不过是老家伙们留恋舞台不肯让给我们而故弄玄虚搞出来的说辞罢了，虽然我很尊敬的一位老师的确说过差不多的话。

"能不能在宿醉中进入'狄厄尼索斯时间'而有所觉悟，是决定能不能成为一个大艺术家的关键。"说这话时，那位老师用熏黄的手指夹着一支点燃的香烟，潇洒地指着天上的月亮。可那时候，我还是十八九岁的大小伙子，是还体会不到所谓宿醉是什么的年纪。老帅告诉我："宿醉是什么？宿醉就是魂儿出了窍，但又和身体牵牵绊绊地，飘也飘不走，回又回不来。在这个阶段，时间的概念会模糊，你会觉得一秒钟可以是一万年，也会觉得半辈子就是一眨眼。空间也会变得相对，宇宙变得只有你身下躺着的沙发那么大，但厕所离你又像是要跨越银河那么远。只有在这种扭曲的状态下，我们才有可能进入'狄厄尼索斯时间'。"

老师说这些时表情严肃，眼神狂热。他是一位好老师，培养过的很多学生都进入了醉酒艺术行业，但当时的我死活都无法想象那是一种什么感觉，这些话完全违背了我所知的常识，超出了我所体验过的体验，注定只能一脸茫然。直到多年之后，随着从事表演的年头儿越长，我的宿醉也变得越来越严重，每每面若痴傻地躺在床上时，才知老师诚不我欺。

那天老师的脸躲在烟雾背后，等他默默抽完，我问道："那在'狄厄尼索斯时间'我到底要去觉悟什么，又怎么觉悟呢？"

"我怎么知道啊？"老师白了我一眼告诉我，艺术是不可说的，他，只能给我指出月亮在哪儿，但不能告诉我怎么坐上航天飞机。

喝完般若汤的第二天，我参观了几个寺庙，还有奥之院著名的陵园，晚上到了大阪。在电车上时，不知为什么想起她来。

那是很多年前，我听了一个同行的建议留在北京一个剧场里固定演出。演了两年多，眼看观众越来越少，可一时也想不到别的出路，就那么不温不火地混日子。一天我去参加了一个聚会，聚会是一个同行组织的，就是帮忙把我介绍到剧场去演出的那位，所以我实在不好意思推托。那位同行，我们暂且称他为艺术家 A 吧，他认识很多人，医生、律师、开餐厅的、卖红酒的、作家、玩音乐的、画画的、拍电影的、大老板、阔太太，他在这些人之间推杯换盏，谈笑风生，让我非常羡慕。我也希望有这样的能力，并买过《心理学提高你的社交能力》《瞬间成为交际高手》《寻金探宝：人脉资源拓展 33 招》等书认真研读，然而收效甚微，即便我试着用书中教的谈话技巧，也很难加入别人的聊天。

比如有次，艺术家 A 与另外两个人聊得正开心，逮到 A 注意到我的瞬间，我举着手里都焐热了的杯子赶紧迎上去。A 为我介绍，一位是剧团经理，一位是批评家。我先夸那位经理，贵团前段时间的演出真是棒，好评如云啊，经理微笑着问我说的是哪场，我一下就脸红冒汗了。我之前根本连她的剧团叫什么都不知道啊，我只能接着说瞎话，就是那什么，名字一下忘了，讲一个男的，又遇见了另一个男的那场。

我赶忙转身问那位批评家，我说："这位老师，我对批评家一直特别佩服，小时候就想长大能当批评家，可惜从小就不被老师看好，连个小组长也没当过。我要是能实现愿望，现在看见赵二随地吐痰、张三排队插队、李四调戏妇女、王五偷税漏税，我就狠狠地批评他们，批评得他们狗血淋头，悔不欲生，想着就是份多么积极、多么快乐的工作啊。"

A 这时出来打断我说："你闭嘴吧，别瞎说。××老师不好意思啊，他刚来北京，什么都还不懂，您别见怪。"

×× 老师轻哼了一声，看了看那位经理和 A，狠狠抽了两口雪茄，说："我们接着聊刚才的话题吧，就是那个什么，你们知道吗，我们今天的困惑恰恰在于我们不能不对'现代性'熟视无睹，因为即便不使用苛刻的学术表达，现代性也已成为日常社会不可或缺的文化语境。任何背弃现代性探索的程式化表达，都无法与现实真正发生对应，也就无法获得创作的真实动力……"

看着那位批评家滔滔不绝，唾沫星子浇得我心灰意冷，我发现已经不是我能不能加入别人的聊天的问题了，而是我能不能听懂别人在说什么的问题。

所以后来我就越来越少去这类聚会了。

话说回那天的聚会。我照例很无聊，在打了必须要打的招呼后，就躲到了人少的角落喝啤酒。我就是在那个场合认识她的。她看见我抽烟就走来问我要了一根，好像也很无聊的样子。

她说她和一个朋友来的，结果其他人谁也不认识。我说："你居然不认识 A，他是今天的主角呢。"她摇摇头说："听朋友讲好像是个什么什么艺术家。"

"醉酒艺术家。"我说。

"对对，好像就是这个，听上去挺奇怪的。"她说。

后来，我们开始偶尔网上聊聊天，偶尔约着吃个饭什么的，我甚至邀请她去看过一次我的表演，她看了觉得还挺酷的。我渐渐有点儿喜欢她，她虽然称不上大美人儿，但也挺好看的。不过我没有急着和她进一步发展成别的关系的想法。怎么说呢，如果弄不好退一步不再往来的话我觉得有点儿可惜，而进一步如果我们真的厮混到一起了的话，会不会变得无聊呢，我想。毕竟，我也还不知道她对我是不是也有点儿什么想法。

"晚上请我吃饭吧，我给你带了礼物。"有一天她突然给我打电话。

"礼物？我说你这一阵儿去哪儿了啊？"吃饭的时候我问她。她说去了趟西藏，拉萨、羊卓措雍、林芝什么的，玩儿了一圈。

"来，给你带的青稞酒。"

我说："谢谢，我们开了喝了得了，不过青稞酒是不是得配藏餐啊？"

她说："不用，西藏到处都是川菜馆，大家都爱吃，更配。"

那天我们喝完青稞酒又喝了点啤酒，然后又换到酒吧喝鸡尾酒和威士忌，等到我送她回家的时候，我们都有点儿醉意。她打开房门转身时，不知道是因为她头发的香气还是因为她喝红的脸颊，我没忍住亲了她。她没推开我，但也没接受。她把她养的小狗抱在胸前，我即便想抱住她，那狗也夹在中间。

"回去吧，挺晚的了。"她低着头。

我临走又硬是亲了她一下。瞪了眼那条狗，很不甘心。

再见面时已经快年底了。她突然打电话过来，问我最近怎么样，我说挺好的，就那样吧。她说，没事儿喝一杯呗，我说好。

这期间我不是没约过她，但她总是有事，几次下来我好像明白了点儿什么，也就没再联系。所以她突然找我一时让我有点儿忐忑，在餐厅时也搞得气氛有点儿尴尬。

"这个意面还挺好吃的。"她说。

我点点头。其实她吃得心不在焉，只是想说点儿什么罢了。

我说："好久没见，还挺想你的。"

"想我什么呢？"她问。

我说："想你就是想你呗，哪儿有什么为什么。"

她没作声，用叉子卷着盘子里的意面。

"马上要到新的一年了，你有什么打算吗？"

她突然问。

我想了想。"打算说不上，就盼着能有更多人来看表演吧，然后看新的一年里，能不能进入一次'狄厄尼索斯时间'。"

"'狄厄尼索斯时间'是什么？"她问。

她果然被这个勾起了好奇。我添油加醋地给她解释了一遍，也就是本篇开头提到的那个流传在老醉酒艺术家们中间的神叨叨的鬼话和我老师那指向月亮的烟头。

"觉悟了会怎么样呢？"她若有所思。

这当年老师也没说啊，一下把我问倒了。

"嗯……应该就会不难受吧……"我顺嘴说道，想起宿醉的劲儿。

"有点意思，我喜欢这个名字，'狄厄尼索斯时间'。"

"你呢？有什么愿望吗？"我问她。

"嗯……可能我也想觉悟点什么吧……"她抿了抿薄嘴唇说。

"谁也不想找难受对吧？"

我点点头，很想问她最近是怎么了。可我发现我其实对她一无所知。就是我知道她在哪里工作、老家在哪里、家里几口人，知道她喜欢喝茶、讨厌甜食，甚至知道她刘海遮住的地方有第三个旋儿，但是也仅此而已。

"你知道吗？"她接着说，"我最近认识了一个姐姐，她很帮我，经常也带着我玩儿，她前几天叫我去四季酒店，说要带我见一高人，是她的师父。师父一见面，就说我有善缘，会有很大的福报。"她笑起来动我心魄。

那天送她回家的时候，我又亲了她。她说我在餐厅吃了太多蒜蓉煎蘑菇。

她说，没办法，好像就是不够喜欢吧。

几个月后，我在网上看到她去了一个叫囊谦的地方，照片上她和一群人微笑着簇拥在一个人身边，披着白色的哈达。那是个周一，我头天晚上的表演出乎意料地火爆，两个小时的演出最后加演了快一个小时，这让我第二天醒来时恨不得死过去。宿醉里，我无力地看着照片里她的脸、她的眼睛、她的人中、她的嘴，突然平地一声雷似的，从脚底涌起一阵强烈的性欲，每个毛孔都被硬生生地撑大，像要把所有星星都吸进来一样，然后整个宇宙都被吸得一干二净的时候，发生了巨大的爆炸，射出刺眼的白光，从脊柱到后脑勺，身体里所有的酒精在那一刻瞬间被蒸发了。我堕入了一种恬淡的虚无中。

那一刻，应该就是"狄厄尼索斯时间"吧。我不是太确定，但我知道，在那一刻，我的确不再觉得难受了。

七个巧 | 安德罗斯岛的 Raki

从雅典坐轮渡，两个小时就能到安德罗斯。我是在参加完雅典和埃皮扎夫罗斯艺术节的表演后去的。艺术节期间，我的表演作为一台大节目的一部分，是在卫城脚下的希罗德·阿提库斯剧场上演的。剧场据说是公元 161 年罗马元老院的贵族希罗德·阿提库斯为他死去的老婆修的，现在仍作为露天剧场使用，夏天时会上演很多节目。那晚是满月，月光下整个卫城的大理石都发着象牙般的光，观众里三层外三层，上千人。我手拿拂尘，脖子上挂着大念珠，脚踩厚底官靴，混搭传统希腊长袍，扮演下凡到中国去的希腊酒神狄厄尼索斯。那天我状态奇好，最后完全就是神灵附体，神采飞扬，我醉倒在地结束表演时，观众掌声如山呼海啸，经久不息。

"真是众神加持啊！"我第二天醒来回味昨天的成功时叹道。我心情大好，准备吃点儿可口的，然后顺路去售票点买去安德罗斯的轮渡票。

离开酒店后，我去了家专门做希腊开胃菜的小餐馆。我点了一种葡萄叶包裹着的糯米饭，淋上酸奶很开胃，还有一种用红酒醋烹制的炒羊肉也非常美味。这家餐馆是我从手里的旅游书上看到的，没想到出乎意料地好吃，这让我对接下来去安德罗斯岛的行程期待起来。

旅游书上说，很多雅典人度周末都会选择去安德罗斯，近，是基克拉泽斯群岛里最北的岛屿，而且没有太多外国游客。比起圣托里尼这类热门目的地，它确实没名儿多了。也许反而更好呢，我想。

我碰见高兴时已经是我在安德罗斯的第三天了。这三天我一直待在霍拉镇上，哪儿都没去。霍拉说起来是安德罗斯的首府，实际上非常小，那些天我已经来来回回逛了好几遍了。除了去镇上的当代艺术馆看了个展览和在沙滩上晒过一次太阳外，我大部分时间都消耗在餐厅和咖啡馆里。我常常一不小心就会滑入一种虚度时光的状态，无所事事，吃了喝，喝了睡。虽然之后也会反省并焦虑不已，但过不了多久又会故态重演，这是我身上的坏毛病之一。不过那几天我是在度假，所以这又有什么呢？连反省都用不着。

那天晚上去的餐厅直接把桌子摆在了一个小码头上，我挑了最靠海的一张，浪大时甚至会溅到脸上。月光皎洁，晚风凉爽。

"需要帮忙吗？"

突然有人用中文对我说话。我放下菜单抬头一看，是个高个儿的白人，卷曲的络腮胡不算浓密，白色麻质衬衣和短裤，一身度假客的打扮。这让我很意外。

"你中文说得真好。"我说。

他笑着说他好些年前在北大留过学，中文名字叫高兴。

我说他这中文名取得好，好记还喜庆。

"我有段时间没去过中国了。你呢，你从哪儿来？"

我简单介绍了下我自己，然后他帮我推荐了几个菜。点好后他说，他要去隔壁酒吧找自己的朋友，先走一步，明天中午请我吃个饭。

"中午一点，我们在教堂门口见。"他热情得难以拒绝。

他是希腊人，但出生在美国。安德罗斯是他母亲的老家，他从小就常来这里过暑假，这次回来是为了装修他刚买的度假屋。第二天见面时他先带我去参观了下。房子就在镇上的主街上，三层楼的传统希腊民居，白色的墙前面，一个工人正在帮他把门窗漆成蓝色。房子很漂亮，我站在他顶楼的露台望着海湾时由衷夸赞。

我曾经也动过这样的念头：买个漂亮房子，里面摆上漂亮家具，用漂亮的餐具吃饭，床单被套都是高级丝绸，被子里面最好再睡着个皮肤比丝绸还滑的如花美眷之类的。但所有这些都在动念头的阶段就作罢了，倒不是我立地成佛，一下脱离了低级趣味，实在是很多事儿想想就好了，比如说实际上我既没有足够买漂亮房子的钱，而且就算假设我现在已经有了，也还有一堆事儿要我操心。

在一张白纸上画上我理想的房子，漂亮又宽敞，再画上我自己，然后在我还没把钥匙画完、打开房门时，我已经开始担忧起这么大地儿打扫起来真费劲，卫生间漏水了多糟心，出去演出时房子空着会不会很亏，隔壁的邻居会不会很讨厌，房价涨了我卖不卖呢，房价跌了又怎么办。于是纸面很快就被乱七八糟的脏手印、线条、图表、批注填满，变得像涂鸦艺术家巴斯奎亚的作品。我不知道心理学家会怎么判断这张画——你知道这个烂大街的心理测试吧？让测试者在纸上画房子画树什么的——我的判断是：第一，我觉得这一堆事儿真是麻烦得要死；第二，我没有解决这类问题的想象力。

"你说得没错，你这方面还真是没啥想象力，其实等你真有了房子，而不是在纸上，你就知道你的担忧根本不是问题。"

"我也希望如此。"

"喝过 Raki 酒吗？一种希腊酒，不是土耳其那种茴香味儿的，那种我们叫 Ouzo。"我们在海边一家家庭餐厅风格的店坐下时高兴问我。

　　我摇摇头，说："我喝过茴香酒，加水会变成乳白色，挺好玩儿的，我喝那东西总想吃饺子。但不知道 Raki 是什么。"

　　端上来时，酒装在一个小巧的透明玻璃壶里，没有颜色。壶和小酒杯都是冰过的，凝着一层细霜。

　　"欢迎来安德罗斯。"高兴为我俩倒满，举杯一口干掉。

　　我也跟着一口倒进嘴里，冰过的酒液滑到胃里就发热了，回味有淡淡的水果香气。

　　"很像意大利的 Grappa[1] 的味道。"我说。

　　"那可不一样，我们的更好。他们是跟我们学的。"高兴做了个鬼脸，"他们可是把宙斯全家都给我们搬罗马去了的，何况酒呢。"

　　我说："你说得很有道理的样子。"

1　一种馥郁的葡萄果渣白兰地，用葡萄酒酿造中剩下的果渣蒸馏而成。

我们一边喝酒一边大嚼炸沙丁鱼。鱼是今天早上才捕捞的，挂了很薄的糊用橄榄油炸得金黄。面衣酥脆，鱼肉鲜嫩无比。"真是我吃过的最好吃的沙丁鱼。"我向高兴赞道。

"你怎么一个人来度假啊？"他问我。

"一点儿工作，完事儿了正好还有点儿时间。"

"我是说为什么一个人，这么美的地方，应该带个姑娘一起来。"

"也许吧。"我耸耸肩道。

"听我的，要享受生活，姑娘们多可爱啊，呃——还是说你喜欢……"

"不是不是，我喜欢姑娘们，但就是感觉很难和她们相处。"

"你这可不行，朋友。感觉？你又准备在纸上画个女朋友出来吗？"

"不不，就是真的相处过才觉得难啊。"

"换一个人情况就不一样了。你知道吗，在我们希腊，每个男人至少都有两个女朋友。"

"不多啊。"

"我说的可是同时。"

我表示钦佩地点点头，说："你呢？"

"当然。我有一个安德罗斯的女朋友，有一个雅典的女朋友。"

"她们知道这事儿吗？"

"当然不可能。"

"感觉应付起来会很麻烦啊。"

"你又在怕麻烦了。"高兴提醒我，接着说，"我一直都处理得还不错。不过这几天不知怎么地，我给雅典的女朋友打电话、发信息她都不理我了。我觉得她可能发现了点儿什么。"

"的确，只要愿意，女朋友都会变身成私家侦探。这个我还是知道的。"我有点幸灾乐祸地笑道。

"可是你知道吗，她不理我了我真的很伤心。我是真的很喜欢她。"

一只黑白花的小猫跑到了桌子下，高兴把吃剩的鱼骨头扔给它。

"那安德罗斯的呢？"

"当然也喜欢。每个姑娘都是独一无二的，对吧？"

"你知道康德吗？"我想了想，问他。

"知道，那个德国哲学家嘛。"

"用他的理论来讲，其实所有的姑娘都是画在纸上的姑娘。"

"什么意思？"

"就是康德认为我们只能认识到现象的世界，现象背后的那个世界才是真实的。他发明了个名词叫'物自体'。你可以理解为最完美的姑娘是物自体姑娘，无论脸蛋还是身材，还是谈吐性格，都是最完美的，但是你永远不可能追求得到，因为你连她的面儿都见不到。你只能看到不同的画家为她画的写生，而且都还画得不好。所以，在现象的世界里，每张写生都是不一样的。

"你收藏再多写生也没用，因为都不是真实的。"我说。

"不不不，你说的那种物自体姑娘也许有，完美但是没劲。姑娘们就是因为她们的不完美才可爱的。这你要相信我，而不是哲学家。你想想看，康德谈过恋爱吗？"

我一下噎住了，只好向他举起酒杯。眼前这个陌生人，热情又单纯，让我羡慕。我们喝完了两壶

Raki 之后，开始吃第二盘炸沙丁鱼。

"在中国念书的时候，我去了不少地方。那时候我们是坐那种绿皮火车到处跑，杭州啊，西安啊，成都啊，都去了。"高兴说。

"在成都专门看了大熊猫，还去了峨眉山，我爬去金顶的路上还差点儿被一只猴子抢走我的相机。"

"啊，峨眉山的猴子可是一霸啊。"

"它们完全就是一群流氓。"

"它们现在守规矩多了。你去的时间可能早了点儿。"

"那帮流氓良心发现了？"

"这事儿得说到我认识的一个峨眉山的和尚，大家都叫他大云师父。"

大云师父的故事是这样的。师父俗家姓赵，三十来岁出的家。出家前他念过大学，学的动物学专业，本来想去成都大熊猫繁育基地，操心国宝的吃喝拉撒生孩子的，结果却去了老家的兽医站。出家之后，赵兽医变成了大云和尚，潜心修习佛法的同时，他那点儿专业也没耽误。都知道峨眉山的猴子是山中霸王，抢劫游客、调戏妇女什么的都是日常活动，据说甚至还干出过把人推下山崖这种害命的大案。但大云和尚来了之后，几个月内，他排查了山上所有的猴群，摸清了它们各自的地盘和老大的底细。没人知道大云和尚用了什么手段，总之在一个清晨，山间浓雾未散，各大猴群的猴王齐聚在仙峰寺的山门前，吵吵嚷嚷地打扰佛门清净。在众和尚正纳闷今天这些猴子是抽了什么疯的时候，大云和尚走出了人群。众猴一见，马上安静下来，共同举着一根竹杖，毕恭毕敬地，上前递给大云和尚。大云和尚接过竹杖，高高举起，那一瞬间，山上山下，群猴沸腾，啸叫声响彻峨眉，连雾气都被驱散了。它们知道这一刻是划时代的，世世代代各自为政的猴子们在这一刻，拥立面前这个光头来做它们的总大王！分裂的时代一去不复返了！统一万岁！

从此之后，虽然来峨眉山的游客时不时地还会被猴子欺负，但整体治安得到了重大改善，恶性伤人事件更是被严厉杜绝。大家知道了这都是大云和尚做了猴子的总大王，对手下约束之功后，游客们要给他送锦旗，景区管理部门要给他发奖状，都被他一一谢绝了。

"我们出家人慈悲为怀，我只是用我的专业知识，尽点儿分内的绵薄之力。这些虚名我是万万受不起的。"他说。

"猴子的总大王，这和尚很酷啊。"高兴觉得很神奇。

"他懂的可不只猴子。"

大云和尚整治好猴群后，又陆续研究了弹琴蛙、环毛大蚯蚓等动物，研究结果不光发到自然科学类期刊，还结合观察数据从佛法的角度论证众生平等和六道轮回，发佛学类期刊。一份数据，两篇论文，数年下来，硕果累累。僧俗学界无不对他翘起了大拇哥，一时间人称"动物学家里的仁波切""大和尚里的孟德尔"。面对盛誉，大云和尚也不骄不躁，他说："我是汉地的和尚，'动物学家里的仁波切'这样的称呼不太妥当，也不敢当。至于孟德尔，那是了不起的大科学家，其成就是划时代的，我最近着手要写的一篇新的论文，就是准备从遗传学的角度论述十二因缘及三世两重因果的，希望大家关注。

我就是站在巨人肩膀上的一个小沙弥，前辈的名头实在是阿弥陀佛，愧不敢当，愧不敢当。"

"这和尚真有意思，你看过他写的东西吗？"

我摇摇头，说："大云和尚的论文我是看不懂的，无论是发在哪种核心期刊上的。不过他和我喝过几次茶，零零碎碎地给我讲过一些东西。

"他让我去当野狗。"

"野狗？"

"他说我是庸'狗'自扰。"

"抱歉，这句话我听不懂。"

"他说我是条狗，被拴在狗窝里，可那个狗窝根本不存在。不但狗窝不存在，拴狗链子也不存在。我就是条野狗，但我一心以为有个狗窝，有条链子把我们拴在一起。所以我很蠢，这就叫庸'狗'自扰。

"我说和尚你是故意骂我过嘴瘾来的吧，你说的话不成立，因为我实际是个人，不是狗。"我感觉有点酒意上头了。"'你这是差别心，没有意义。人相也好，狗相也罢，凡所有相，皆是虚妄。'大云和尚说。"

"我越来越听不懂了。"高兴说。

"没事儿，反正他也没准备让我听懂。"

喝到下午三四点时，整个岛都像去午睡了一样，周围安静得只剩下白噪音。大太阳晒得人发懵，我看着白房子的阴影，两眼发花，Raki酒让我懒洋洋的，每个毛孔都被小凉风一丝丝地贯通了一遍。

"这个环境，这个气氛，让我们再喝一点儿酒吧。"我说。

我和高兴换了两个新的冰镇酒杯，移到可以瘫坐的座位里。

"你知道园丁鸟吗？"我问。

"那是什么？"

"一种羽毛很漂亮的鸟，像极乐鸟。"

"极乐鸟我知道，漂亮的雄鸟会花枝招展又唱歌又跳舞地勾引雌鸟对吧？"

我说："园丁鸟公的也差不多这德行，但是它们除了长得漂亮、会唱歌跳舞之外，还有一项其他所有鸟都没有的绝技。它们会搭建一种叫'求偶亭'的东西。修这东西时每只公园丁鸟既是天才的建筑师，也是勤劳的工程队。它们会平整出一个场地，铺上苔藓之类的,用树枝树叶搭建样式不同的豪宅。关键修完还不算,它们还要去收集很多五颜六色、金光闪闪的东西来装饰,花果、昆虫翅膀、玻璃碎片、金属制品,总之就是要富丽堂皇,然后它们就可以在门口吆喝了:瞧一瞧看一看了啊,我的豪宅多美观了啊。看一看瞧一瞧了啊,我等姑娘你等得好心焦了啊。一旦成功骗到雌鸟的注意,从求偶亭这儿路过,它们就上去缠着跳舞,死皮赖脸,蜜语甜言,没羞没臊,成其好事。

"你知道这种鸟为什么会表现出这样的习性吗?"我问高兴。

"你直接告诉我吧。这也是那个叫大云的和尚告诉你的吗?"

"对,他当时给我说,这些鸟之所以会显得这么聪明,有这种奇异的求偶行为,和做鸟没关系,和做人有关系。"

"做人?"

"嗯,他说这些公园丁鸟在从壳里孵出来之前,上辈子都是人,这辈子做鸟干的这些事儿不过是重复做人的时候干的。做人的时候喜欢的,拼了命要追到手，这就是这辈子当鸟也还这么喜欢，还这么去追求的原因。他说这叫爱、取、有。"

"这是他的又一篇论文？"

"不是，他给我说的时候还没发论文，他说他手头的资料不是第一手的，所以一直在向寺里住持申请一个去巴布亚新几内亚的文殊精舍交流学习的机会，一方面了解下南太平洋地区的弘法情况，另一方面可以对园丁鸟为代表的当地野生动物做实地观察。我有些年没见过他了，也不知道他去成没有。听说莫尔斯比港那个地方治安挺乱的，希望他安全吧。"

"所以……你刚才是在说我是那种会变成鸟的人吗？"高兴好像才回过味来。

"可不是我说的，是大云和尚说的。"

高兴撇撇嘴，索性抱头仰躺在座位里。

"做鸟感觉其实也不错啊。"

八匹马 | 巴黎的玛丽

　　我从"四川人家"吃完饭出来，散步去往河边，路过了银塔餐厅。在路口点烟时，一个人走来借打火机。我说我听不懂法语，他又用英语说了一遍，沙哑的声音听起来有点滑稽。

　　这是个穿着讲究的年轻人，明显化过妆的脸很苍白，颧骨瘦削，栗色的头发油光锃亮地向后梳到脖子根儿。黑色大衣我虽认不出牌子，但能看出剪裁和面料都是很高级的那种。手上戴着橘色的皮手套，拿着的黑色小包配着很宽的金色链子，缠在手腕上。脖子上却突兀地围了一条白里杂黑的羽毛围巾，让我想起了埃尔顿·约翰。

"谢谢。"他说。

一个时髦的家伙，我想。接过打火机继续走到河边，然后顺着往圣母院的方向去。那场大火之后，圣母院被围挡起来，也不知道未来会修复成什么样子。我望着已经不存在的尖顶站了一会儿，转头发现那个年轻人也向这边走了过来。他也看到了我。

"真是巴黎的耻辱。"他指了指围挡着的教堂。

我没明白他的意思。"耻辱？"

"居然就这么让它毁在了大火里而什么都没做，不是耻辱是什么？"

我点点头，说太可惜了，转身接着走了。

快到圣米歇尔码头的时候，我发现他其实一直在我后边几十米的地方。那晚一路上在河边散步的人并不多，我停下又点了一根烟，转头看着河水。这次他直接越过了我走到了前面。

真是个怪人。我在后面看着他奇怪的走路姿势，怎么说呢，屁股甩的幅度也太大了点儿。

在花神咖啡馆坐下，我点了一杯香槟，面朝着圣日耳曼大街喝酒。

"嘿，看来我还得找你借一下打火机。"那个让我想起埃尔顿·约翰的年轻人突然坐到了我隔壁的椅子上。

"你拿着吧。我今天该少抽点儿了。"

"来旅游吗？"

"算是吧，还有一点儿工作。"

闲聊时我发现他脸上有雀斑。我得承认这是个很好看的男人，不能叫英俊，就是好看，是种混合了少男与少女特质的好看。

"今天去了什么好玩儿的地方吗？"

我耸耸肩，因为宿醉我在酒店躺了一天，直到晚上出门吃了饭才缓过来。

"晚餐怎么样？"

"一家中餐馆，就离我遇见你的地方不远，在巴黎来讲，算很不错了。"

"那挺好，我的晚饭太糟糕了。路易就是个恶心的大傻×，我看着他鼻头上油汪汪的毛孔，想象着他那张大嘴每个牙缝里的臭味就想吐。餐厅的服

101

务员和经理装腔作势觉得自己是绅士，但其实他们就是臭烘烘的刽子手。"他有点儿恶狠狠地说道。

"路易？我知道他是皇帝。"我想开个玩笑。

"这笑话有点儿冷，朋友。"他哂笑的时候眼睛弯了起来。

路易是个脑满肠肥的暴发户，当时作为他的客户，他们一起在银塔餐厅吃饭。

"我讨厌那家餐厅，结果那个大傻×却偏偏选去那儿。"

"我还想去呢，可是我舍不得。"我说。

"你也喜欢吃血鸭？"他突然有点儿严肃地看着我。

"这倒不是，我不怎么爱吃鸭肉，但能吃次银塔不也算是没白来巴黎吗？"

"听我的，我在巴黎多少年了，我们不需要那种东西。"

"你在巴黎多久了？"

"五百年，你信吗？还没有银塔的时候我就在了。"他说这话时前一秒像个挑衅的小男孩儿，下一秒又像个试图卖弄风情的洛丽塔。

"我可以信，我遇到过不少人和我说过奇奇怪怪的事儿。"

"可以信不等于你信。"

"我不这么看，你信什么是个选择，可以信是个选择题里的答案，但其实题目是个多选题。我的工作让我有时候有点分不清各种现实和幻觉，所以我选择了干脆不去区分。"

"你是做什么的？"

"我是个醉酒艺术家。"我一口喝完杯里的香槟。

在决定去丽兹酒店的海明威酒吧再喝一杯的路上，我给他解释了我的工作。我们从卡鲁塞尔桥走到右岸，路过卢浮宫的金字塔，沿着杜洛丽花园外边的里沃利街再转到德卡斯蒂廖内街。

"你知道约瑟夫·皮若尔吗？"他问我。

"那是谁？"

"当年他可是红磨坊的大红人。"

他说约瑟夫·皮若尔是个放屁艺术家，骨骼清奇，天赋异禀，练就了一门自由掌控肛门阔约肌的绝技，吸气吐气，收放自如。他留着小胡子，总像个严肃的绅士一样站在台上。随时随地吹个蜡烛什么的完全不在话下，更是可以用放屁模拟各种声音，甚至演奏乐器，如此奇技，一时间逗乐了上到王公贵族，下到平民百姓，红透了巴黎半边天。

"我没看过你的表演，我就是听你说，突然想起他来了。"他说。

"这个人现在还演吗？"

"他早死了好吗。"

"可惜，你看过吗？"

"当然，那个时候我就住在蒙马特，天天和一帮艺术家烂酒作乐，说起来还有点怀念那帮家伙了。"

"他们人呢？"

"都死了，都死了，那都是多久前的事儿了，不是跟你说了我在巴黎都五百年了吗？"

我摇摇头叹了口气。

"那海明威在巴黎的时候你们也见过吧？"我故意问。

"没有，我可不喜欢和他那样的糙人打交道。不过……"

"他对把人灌醉的确挺在行的。"他喝着海明威酒吧里一杯名叫"Death in the Afternoon"[1]的鸡尾酒说道。

"这个我同意。"我喝了一杯毕加索马提尼，和一般的干马提尼不同，它是把味美思冻成了冰块放在里面。

"我都还不知道你怎么称呼。"我说。

"你可以叫我玛丽。"他靠在座位上微微仰着头。

"玛丽？马利欧？"

"有什么关系，只是个代号而已嘛。"他抹了一下头发，不知道是不是那杯酒太烈，感觉他的眼神开始飘忽。

我点点头，我也懒得追究这种事儿，接着喝我的酒。

"你认识的人都比你先死了是种什么感觉？"我突然想起来问。

"如果你活得够久你就会习惯的。怎么说呢，派对里总有人会先走，但也总有人会加入。我觉得

1　Death in the Afternoon，意为"午后之死"，与海明威一本讲述西班牙斗牛的非虚构著作同题。

说不定后边更精彩呢。"

"中国有句老话叫'天下没有不散的筵席'，是说派对总会结束，大家都会各自离去。"

"但是法餐可以吃很久。"他做了个鬼脸。

"中国有个叫满汉全席的东西更夸张，一百零八道菜，据说要吃三天。"

"好吧好吧，你们中国人赢了。中国菜我很少吃，不过我知道北京烤鸭，我很讨厌。"

"为什么？"

"我讨厌一切吃鸭子的菜。"

我表示可以理解，每个人都有些怪癖。

"不是怪癖，这是道德。"

"道德？你是指吃动物的问题吗？"

我没想到他还是个极端的动物保护主义者，这让我很不舒服，和他们相处让人活在道德自责里，我改变不了，又舍不得把自己饿死。

"不，我不是那种人。这是个生态位的问题，一些东西总要被另一些东西吃掉，这是自然的法则，无论喜不喜欢都没办法。我也吃肉，只是道德上我无法接受吃鸭子这种事儿。"他纠正我。

"难怪你讨厌银塔餐厅，还问我喜不喜欢吃血鸭呢。"

"还好你不喜欢呢。"他眼睛眯起来，露出一个弧度很大的微笑。

我们又喝了两杯后，我说我准备再去趟附近的 Harry's New York[1] 酒吧，我是个游客，想走之前多逛逛。他说一起吧。

走了不到十分钟，我们就到 Harry's New York 了。这家酒吧据说当年也是海明威、菲茨杰拉德他们常年厮混的地方，以发明了著名的鸡尾酒血腥玛丽而闻名。我不可免俗地点了一杯，他要了一杯 Old Fashion[2]。

"所以你是做什么的？时尚圈，还是你也是歌手？"我指着他的羽毛围巾。

"我陪人做爱。"他懒懒地回答道。

"什么？"我一时没太明白。

---

1 Harry's New York，意为"哈利的纽约"，传说巴黎最早的酒吧之一，无数作家、艺术家逗留于此。
2 Old Fashion，意为"古典"，一种鸡尾酒。

他舔了下嘴唇，微笑着说："我是说，我是个男妓，很高级的那种。"

我躲开他的眼神，一时有点儿尴尬。倒不是被他的工作吓到了，只是不适应他的坦白。

"你很害羞。"他还在笑。

我不知道说什么，赶紧端起杯子喝了几大口。

"那个——这和当年的味道还一样吗？"我指着我手里红彤彤的血腥玛丽想转移话题。

"我可不知道，这酒我一次也没喝过。"他满不在意地回答。

"真可惜，我觉得很好喝。"

"把番茄汁换成血才好喝呢。"

"呃……这是什么吸血鬼配方吗？所以这才是你活了五百年这么久的原因？"

"嘿，我才不是吸血鬼呢。而且不是五百年，五百年只是我在巴黎的时间。"

我扬了扬眉毛。

"那你的长寿秘诀是什么？"

他突然长叹了口气："好吧好吧，我告诉你，但是你可要相信哦。"

"当然。"我说。

玛丽说他不是人，这我倒不觉得特别意外。但玛丽说他其实是只鸭子时，我还是挺惊讶的。他说他八百年前出生在朗德省的乡村，没多大就被卖给了一个过路的修士。修士带着他从南到北一直旅行，他也从一只小鸭子越长越大，开始担心自己要被修士吃掉。他知道，自己被卖掉时那个狡猾的农妇和修士说自己会下很多蛋，但其实他是公的，这让他觉得自己也欺骗了修士。欺骗是不对的，会被修士的上帝惩罚，所以玛丽想努力学会生蛋，这样就不算是欺骗了，但是，这哪里是可以随意更改的，他一天天地，一个蛋也下不出来，吃进去的虫和草倒是全长成了肉。

如果他能下蛋，修士就有蛋吃，他一直下蛋，修士就不需要吃他。但他不能下，修士就没有蛋吃，所以他就只能把自己给修士吃。显然，他不想死。

"放心吧，我不会吃你的。"一天在野外宿营时，修士突然对他说。

他觉得太神奇了，这个人怎么会知道自己在想什么。他兴奋地问他："嘎嘎嘎，嘎嘎嘎。"

"好了好了，我买你的时候就知道你下不了蛋，上帝不会怪罪你的。"修士说。

从此之后，玛丽和修士生活在一起，再也不为会不会被吃掉而担心。不但如此，修士还教会了他很多东西，完全超出了他当一只鸭子所需要知道的。比如修士会考他：有一百四十只公鸭和母鸭，卖掉了一半的公鸭后，又买来了四十只母鸭，这时母鸭数是公鸭数的两倍，那最开始的公鸭和母鸭数量分别是多少？

再比如两枚大小一样的鸭蛋，一个生的一个熟的，用同样大的力气在大理石地板上旋转它们，哪个会先停下来？

但最最紧要的，是修士后来开始教他一套秘密的冥想法。修士说，他来自的那个神秘的隐修会自从基督复活之后就保守着这套秘法。

"这就是我的长寿秘诀。"玛丽告诉我。

"呃，可他为什么要教给你呢？照你说的，你那时还是只……鸭子。"

"我也问过他，他说他就是路过市场看到我时，感受到了一种感召，冥冥中有个声音告诉他，选我，选我，带我走。"

很多年后，年老的修士走到了人生的终点，他却活过了作为一只鸭子该有的岁数。临死前，修士告诉他，躲进深山去，保持信仰，坚持修炼，他会成为人，会亲眼见到末日降临的那天的。

"好心的修士，谢谢你，嘎嘎。"那时他已经会说一些人类的语言。他流下了作为一只鸭子的第一滴眼泪和最后一滴眼泪，在夜晚逆着河道，消失在了森林里。

"等我再走出森林的时候，我终于已修炼成了人形。已经三百年过去了，弗朗索瓦一世在当皇帝。我就是那时候来的巴黎。"

玛丽到了巴黎后才发现，做个人比做只鸭子要难多了。他虽然会那套秘法，但这不表示他可以不吃不喝。当鸭子的时候，渴了喝的是山泉水，饿了吃的是原生态，当了人倒好，每天一睁眼就得想去哪里挣面包钱，关键还得穿衣服，这又要花钱。

他虽然跟着修士学过数学、自然科学什么的，但他并不知道能用来干吗，所以他一开始只能做最简单的卖力气的活儿。

"你知道吗？我修过卢浮宫，就在那时候。"

"什么？"我惊道。

"我就是当了个苦力而已。"

我有点儿想象不出来眼前的他这个纤弱的样子怎么当苦力。

"你那时不是现在这样吧？"我问。

"肯定啊。每隔一段时间我的样子就会变一点儿，这取决于我那段时间遇到过的人。比如我最早的脸就很像修士，只不过年轻些。"

"后来呢？"

"后来我很长一段时间都在干体力活儿。直到那个夏天……"

那个夏天他在工地上遇见了阿兰。阿兰当时是个小工头儿，高大健壮，虽然喝酒喝得满眼的血丝，但棕色的瞳孔却异常清澈。那天太热了，大家都打着赤膊在干活儿，阿兰突然叫他停下，出来一趟。他跟着阿兰走到个僻静的地儿，没有了直射的太阳，凉快不少。阿兰说，干得不错，要给他涨工钱，然后拿着一个银币贴到了他的乳头上。身体很热，银币很凉，他一下起了鸡皮疙瘩……

"那天之后，我就发现了更好的工作。"他嘿嘿一笑。

"从那天之后一直……？"

"差不多吧。我发现这个工作特别好，我能接触到各种各样的人，男的女的，有钱的没钱的，形态各异，但欲望都相同。我通过这更快地学会了怎么做一个人。

"不过你知道更重要的原因是什么吗？"他问我。

"我不知道。"我说。

"更重要的是，每次和人类做完爱我都感觉到一股能量进入了我的身体，那不同于我在森林里当鸭子时修炼所得到的能量，它更强烈，更直接，更快捷。而且挣钱还快，真是几全其美的好事儿啊。"

"等等，那今天和你一起吃晚饭那个路易就是……"

"我说了啊，是我的客户。不过我没和他搞，因为他太恶心了。太恶心的人的能量不但不好吸收，而且会让我变丑，这就不划算了。"

"变丑？"

"对，我从每个人身上吸收的能量里面总会带着点儿杂质，这些东西会影响我的样貌还有记忆一类的。"

　　我喝完了杯子里的最后一口酒。

　　"你觉得当鸭子和当人有什么不同吗？"

　　他想了想说："不好说，当鸭子有当鸭子的好，当人有当人的好。可是好处不可皆得。"

　　"你今天变成鸭子，明天变成人，后天再变成鸭子不就好了？"

　　"不行啊，我再也变不回去了。"玛丽说。

酒端到 | 高粱与伏特加

我第一次去台北的时候，除了工作之外，还有外婆交代给我的另一桩事。外婆的表弟当年随部队渡海之后，就断了联系再没回过家乡。二十世纪八十年代末开始，外婆一直各种打听，但直到十年前才知道这位表弟早已经过世了。知道这次我要去，外婆给了我一个台北的地址和电话，说是她表弟的儿子，也就是我的表舅的，让我联系一下。

"都是一家人，还是别断了。"外婆说。

到了台北之后，我就照着号码打了过去，那边是个很礼貌的中年男人的声音。我说："表舅你好，我是厚明的外孙，我在台北。"那边反应了半天没明白"厚明"是外婆的名字，我又解释了一遍，我说："厚明是家祥的表姐，我是厚明的外孙，你是家祥的儿子，所以你是我表舅。"他这才反应过来，连说了好几个"哦"。

我说："我来台北工作，待几天，外婆让我去看看舅公的墓，也和你们见见面，看表舅你们什么时候方便。"

表舅说："好的好的，你先忙你的工作，完了我们见一见。"

打完电话我看了看时间，准备出门吃点儿东西。我提前搜索了下，酒店附近就有不少宵夜，我选了一家牛肉面，走路只要两分钟。面馆看着有些年头儿了，挺破旧，一层高的铺面连着两间，熬牛肉汤的大锅就靠着路边，水汽蒸腾。我点了碗半筋半肉的汤面，加了好几勺供客人自取的用牛油熬的辣椒酱，稀里呼噜三五下吃完，脑门儿起了一层薄汗。

有说法讲台湾牛肉面是当年四川籍的老兵们为了生活，照着家乡的口味弄出来的。我不知道过去的四川有没有这样的味道，但至少现在没有。而店家在桌子上的辣酱旁边贴了小纸条，提示说很辣，如果今天的四川人来吃的话应该并不会这么觉得吧。隔了几千公里，又隔了几十年，即使同样叫"川味"，实际上已经是两种东西了。

这给了我一个灵感，在第二天的醉酒表演上，我临时把原本的醉酒配方里的伏特加换成了金门高粱。这里之前没有高粱酒，据说就像四川老兵发明了牛肉面一样，是山东老兵的杰作。说实话，我没喝过地道的山东高粱，喝着金门高粱倒是激起了我对那个存在于老兵们记忆里的味道的想象。表演的时候我要的就是这种想象。果不其然，这让那晚上的演出相当受欢迎，结束时我大着舌头唱起了刚学的闽南歌《酒后的心声》，台下的观众一下被点燃了，在无数遍"啊，我无醉，我无醉，我无醉……"的齐唱声中我最后醉得不省人事。

后来我又演了三场才结束那次在台北的工作。

我从宿醉里缓过来时，已经下午两点多了。泡了个热水澡感觉酒精又挥发掉了一些，但身上还是有很大一股高粱酒的味道。先出去喝杯咖啡，要是身体状况好的话，就给表舅打个电话，我想。

换好衣服出门后，我就近找了家咖啡店，很典型的小清新那样的。我对这类趣味的咖啡店说不上讨厌，但也不喜欢，其实包括对咖啡本身我也不挑剔，不淡、够劲儿就可以。我喝了一杯双份意式浓缩后，又要了一杯冰美式。中间我给表舅打了电话，我说："我在台北的工作结束了，表舅您看我什么时候方便去看看您？"

那边停顿了几秒后，表舅说："那个，是这样的，我们想了想，还是不见了吧。这么多年都过去了，其实没什么见面的必要了。"

我一时没反应过来。

"那祝你在台北玩得开心，再见啊。"

"啊，谢谢，再见……"我下意识地应道。

放下电话，我揉了揉太阳穴，舒了一口气。

我想其实我应该明白表舅这种做法，毕竟对他来说，外婆也好，我也好，都是完完全全的陌生人。他也好，舅公也好，对我来说也是完完全全的陌生人，突然冒出来要让陌生人和陌生人坐在一起，接受一种勉强的亲情关系,相互嘘寒问暖的,的确太别扭了。不过外婆给我安排这事儿的时候我可没敢说这话,没办法,她们那辈人好像总是对大家庭式的生活有执念。

　　"你有什么推荐的特调鸡尾酒吗?"一个人吃完晚饭后,我找了家小酒吧打发时间。吧台里有两个很年轻的调酒师。喝了快两个小时之后,我问其中一个。

　　"口味上有什么偏好吗?"那个染了茶色头发的小个子调酒师说。

　　我想了下。"来点儿比较本地特色的吧。"我说。

　　"烈一点可以吗?"

　　"没问题,当然没问题。"

　　他说他要做杯叫"南辕北辙"的酒。我说好,这名字挺有意思。

　　端上来的是一杯装在马提尼杯里的偏橘黄色的酒,漂着橙片,看着样子并不新奇。我疑惑地喝了一口,橙皮的香气、柠檬汁的酸度之后,突然袭来一股好熟悉的味道。

"基酒你是用的那个什么吧……"

调酒师得意地点点头："不错，就是我们的金门高粱。"

"嗜，"我说，"你知道我这些天喝了多少这玩意儿吗？"

"啊，您是不喜欢这个味道吗？"他突然非常抱歉的样子。

"不是不是，我很喜欢，只是我这几天喝了好多高粱，有点宿醉而已。"他太客气了，反倒让我很局促，我赶紧解释。

"所以这杯酒为什么要叫这个名字呢？"

"你喝过 Side Car [1] 吧？"他问。

"啊哈，"我恍然大悟，"你这就是把 Side Car 的基酒换成了金门高粱吧，我就说看着像呢。"

"不是不是，利口酒也是我自己做的，还有柠檬也是本地的。"调酒师说。

"不过，即便我喝高粱醉了这么多天，实话讲

---

1 Side Car，即"边车"鸡尾酒，在第一次世界大战结束时首次被调制而成，其名称是为纪念一位喜欢骑带边车的摩托车的美国上尉。

这杯酒还真的不错呢。"

"因为是从 Side Car 变化出来的，所以我想到了车子，然后金门高粱本来是北方的酒嘛，被复制到了金门，我就想到了这个成语。"他笑着继续说明。

"嗯，但这不是一个笑话别人的词儿吗？"

"不啊，以前的人不知道地球是圆的嘛，但现在从理论上来讲，我们都知道一直往北也可以到南方的啊。"

我点点头说："大航海时代的欧洲人就是相信一直往西，是可以到达印度的。还有别的含义吗？"

"有啊，就是无论你往哪里走，我们总会相遇啊。"调酒师有点坏笑地用特别柔软的普通话说。

"得了吧，这话你还是和漂亮美眉讲吧。"我说。

喝完那杯鸡尾酒的第二天，我决定干脆去趟台南。我买了高铁的车票，买了台铁的便当——昨天的调酒师告诉我，同样是便当，高铁的和台铁的完全就是云泥之别。我不知道高铁便当能难吃成什么样，台铁的确实还不错。我听从他的建议，在台南的几天相继又去吃了度小月的担仔面、老曾羊肉店的当归羊肉汤、阿凤虱目鱼羹、小卷米粉、阿霞饭店的红蟳米糕，还有离神农街不远的永乐烧肉饭，都相当美味。顺着那份菜单吃到阿江鳝鱼意面时，我认识了达利娅。

我是和她拼桌认识的，在那个有点儿破败、烟熏火燎的面馆里，她一个金发白皮肤的漂亮姑娘竟然能流利地和跑堂的大叔说闽南语让我挺意外的，我不由自主夸赞了一句。

她笑着用普通话说她才来了半年多，其实会讲的不多。我说半年多，我别说会讲了，估计听也听不明白，她真是很厉害。后来我才知道，她还会英语、法语、意大利语、希腊语、印地语，甚至波利尼西亚语，而她的母语是俄语。

"你真厉害。"我又夸了她一次。

她看着端上来的面，略显欢快地晃了晃头。

"我有点儿好奇，这么多种语言里，有哪种是你觉得最难学的吗？"我问。

"嗯，我觉得所有的语言其实都挺难的，但难的不是发音啊记忆啊或者语法什么的，最难的是要接受你以为是同一个意思的表达其实并不是同一个意思。"

我表示有点儿糊涂。

"举个例子，忘了在哪里看的，我学中文时看到的一个说法，说日本有个作家叫夏目漱石，他问学生们怎么翻译'I love you.'这句话。学生们都标准地直译成了日语'我爱你'，他摇摇头说不对，你们翻译成'今晚的月色真美'就够了。"

"啊，我也听过这个，不过我觉得学生们也不能叫错，就是表达方式不一样吧。"

"表达方式不一样，意思其实就不一样了。'I love you.'，学生们的直译，还有'今晚的月色真美'都是不一样的，而且'今晚的月色真美'这句话我们还是用中文说的，你确定它的日语和你现在理解的又是同一个意思吗？也许，月亮也不是同一个月亮呢。"达利娅说完笑着用筷子指了指天上。

我抬头看了看天，没有月亮。

好像有点明白了。我指了指面前的鳝鱼炒意面，说："好比这个，别人介绍我来吃这个的时候，你知道我什么反应吗？

"我当时翻了一个白眼儿说，有病吧，我跑台南来为什么要吃意面啊，我肯定要吃本地风味啊。后来才知道我以为的意面，不是这个意面。我所以为的意面就是意大利面，而意大利面这边叫义大利面。"

"你看，月亮不一定是同一个月亮，意面也不一定是同一个意面。"她笑着说。

"所以你是来这边学中文的？"

"不是，我来这边做访问研究，人类学方面的。"她告诉我。

"人类学？我不太懂，具体比如说研究些什么？"

"嗯，比如我来这里就是为了研究台湾少数民族和外来神话叙事与信仰的。"

"啊，这个我明白了，难怪你来台南呢。我这几天在这里，感觉真是三步一小庙、五步一大庙的。"

"是的，其实这里有各种各样特别多的信仰，除了传统的佛教、道教和基督教之外，还有妈祖娘娘、关帝、开台圣祖、开漳圣祖、清水祖师，等等，民间信仰供奉的神明多到眼花缭乱。"

"你说的后边几个我都没听说过，我在台南净顾着吃了。"我笑道。

"我也是，超喜欢台南的小吃。"她也笑了。

"那看来我们都是被食神指引的人。这边有供食神的吗？"

"食神？你是说管做饭的吗？那就是灶神，这个很普遍。"

"我虽然不完全是这个意思，不过也算吧，那有酒神吗？"我问。

她想了下，说有供杜康李白的。

之后就着一碗面，达利娅又给我说了不下七八位我听过没听过的各路神仙。不得不说，听一个漂亮又博学的姑娘讲话很开胃，那碗意面我三两下就吃完了。

"我好像问题太多，打扰你吃面了。"我指着她还没吃完的碗说。

"没有，我也很高兴给人讲这些。不高兴的应该是其他等位子的客人。"她指了指周围。

我想了想，说："不介意的话，一起喝一杯吧。我就是想多听听这些神仙故事。"

"你说喝一杯是指什么？不是说冬瓜茶吧？"

"呃，你喝酒吗？"

"嘿，我可是俄罗斯人。"她正色道。

离开面馆，我跟着达利娅走了不到十分钟就到了一家酒吧，老屋子改建的，灯光昏暗，色调发冷，感觉并不舒服，但是她选的我也不好说什么。

"你常来这儿？"

"有几次吧，虽然这里看起来不怎么样，但是他们这儿有这个。"

她让调酒师拿来一个写着曲里拐弯一串儿俄文的酒瓶子，我完全没见过。她说不像是苏联红牌伏特加（Stolichnaya）这类牌子，她根本没想到会在台南这样的地方喝到老家的东西。

"所以这算是乡愁吗？"我拿着那个酒瓶认真看了半天。

"只是一个俄罗斯人在伏特加这件事情上的固执吧。"她摇摇头说。

"我相信你的固执。"我端起杯子和她碰杯。

老实说，在我看来伏特加那点儿微妙的口味区别并没有多大意思，我理解的伏特加哲学就是一种简单直接的霸道，不要和它谈香气、口感、尾韵之类的事儿，太布尔乔亚了。咕咚咕咚，几下子把你灌醉就对了。它和你之间，只存在征服和被征服这一种关系。

"感觉你在形容一个暴君。"她故意皱着眉道。

"所有的酒对我来说都是暴君，而且我还会自我安慰我是为了灵魂的自由，只是第二天得加倍做肉体的奴隶。"

"可怜的奴隶，来，为自由干杯。"她笑着说。

我一大口喝完杯中酒，说："你再给我讲讲之前的话题吧，这里供这么多神仙，有什么特别好玩儿的吗？"

"嗯……很多被供奉的不见得是神，也有鬼。"

"神也好鬼也好，反正都是人变的。"

"不是人变的，而是人造的。"她更正道。她说这边有很多阴庙，所谓阴庙就是祭祀孤魂野鬼的所在，比如在屏东有座八宝公主庙，传说是一位荷兰公主坐着船到了垦丁，结果全船都被当地人所杀，之后公主阴魂不散，在日据时代突然显灵，托梦给本地渔民，这才建了庙供奉她。

"这个例子让我觉得有点儿，怎么说呢，感情复杂……你说，为什么人们会信这么多神神鬼鬼呢？"我表示不太理解。

"因为我们有各种各样的愿望。这就像个神仙百货公司，总有一款适合你。"

"可我的愿望和你的愿望并不一样，甚至可能是相反的。我们信的神不就得打起来了吗？"

"当然会，要不《荷马史诗》里的特洛伊战争怎么打起来的呢？"

"我都不知道那场仗到底是满足了神的愿望还是人的愿望。"

"没有区别嘛，神都是人造的。像在清朝的时候，这里也发生过供奉广泽尊王的泉州人和供奉开漳圣祖的漳州人为了抢地盘打起来，就把他们的开漳圣祖庙砸了的事情。"

"哎，中国有句话叫'神仙打架，百姓遭殃'，神仙越多，架也就打得越多，大家如果都信一个会不会好一点儿？我投票给狄厄尼索斯。"我举起杯子。

那天晚上，我们喝完了一瓶半伏特加，她丝毫没有醉意，真不愧是俄罗斯来的。我说喝得肚子饿，晚上的意面不顶事儿，我们去吃点宵夜吧。于是我们拿着剩下的半瓶酒在附近找了个路边摊烧烤，点了乌鱼子酱烤土豆、鲭鱼一夜干、海鲜香肠拼盘，接着喝起来了。

"咦，我才发现你是左撇子啊。"吃东西时她指着我的手说。

我说："吃面时你没注意吗？"

"我突然想起个关于左撇子信仰的故事。"

"还有这种信仰？"我好奇道。

"嗯，但是现在没有了。那是我在俄罗斯念书时看到的一篇资料。"

那是西伯利亚一个游牧部落的事儿。那个部落很奇怪，不知是从什么时候开始，生下来的孩子左撇子的比例非常高。本来只是一个天生惯用手的问题，但在他们的原始信仰里被视为了异类，因为他们崇拜的偶像右手指天左手指地，所以左撇子是地，用右手的是天，歧视就这样产生了。随着渐渐地整个部落的左撇子越来越多，分裂就产生了。他们开始对用右手的人产生越来越多的不满，甚至产生摩擦，并在原来的偶像的基础上，左撇子们创造了他们的神，反过来，左手指天右手指地。慢慢地，摩擦升级为冲突。左撇子们虽然从部落分出去另起了炉灶，这时我们可以叫他们左手部和右手部了，但两个部落挨得太近了，相互的攻击乃至厮杀无法避免，上百年里，右手部打赢了左手部，就砍掉俘虏的左手，左手部打赢了右手部，就砍掉俘虏的右手，于是在那个地区产生了特别多只有左手和只有右手的残疾人。

"真吓人，你说得我筷子都拿不稳了。"我说。

"这种争斗一直没有停止，砍手就像这里以前少数民族的'猎头'一样成了一种传统。直到后来斯大林出现了。"

"斯大林？"

"嗯，斯大林当政时代，两个部落才被纳入政府的管理范围，无论左手还是右手，他们的偶像都被推倒毁坏，斯大林的画像贴满了帐篷，他们被彻底改造了。"

"他们再也不用砍对方的手，应该是好事吧。"

"嗯……可能是吧。"她说。

那天吃完路边摊以后，我本来以为会发生点儿什么，但最后什么也没有。我说送达利娅回家，她说不用了。我坚持陪她又走了一会儿，酒意上头，我正准备抓住她的手时，发现她不知道什么时候已经不见了。我转过头，发现路边庙宇重重，路灯下投出的飞檐影子犬牙交错。

2020 年 3 月 19 日于重庆

外
三
篇

茄子咸鱼煲

　　我上一次去香港是好多年前了，那次是在一场明星云集的慈善晚宴上做表演。晚宴的核心环节是慈善拍卖，其他的节目都只是助兴而已，给我的表演时间很短，所以没办法，我只好用十五分钟快速把自己灌醉了。如此仓促的表演，效果可想而知。在礼貌性的掌声中下台后，我去厕所吐了一会儿，用冷水洗了把脸。

　　再回到后台收拾东西时，只听见大厅里人声鼎沸，比我表演时热闹多了。我透过帘子往里望，灯光晃眼，黑压压的座席上只看见一支支白色的号码牌像夜里海滩上的浪花，随着报价声此起彼伏。拍卖师一次次叫出的数字，表现为一组递增数列。据说这种数列里的数，可以是实数，可以是复数。实数分为两种，一种有理，一种无理；而一个复数也分为两部分，一部分叫实部，一部分叫虚部，虚部又和笛卡尔发明的虚数这个叫法有关。刚想到这里，还没就虚数的定义进一步展开，我突然感到一阵头晕眼花，我不确定这是数字的实与虚、有理与无理将我的大脑逼到了宕机的地步，还是刚才的酒劲儿又上来了，趁还没天旋地转，我赶紧又跑回了厕所。

那天夜里，我噩梦连连，在小时候那间黄砂石铺成操场的学校里，我被不讲道理地摁着坐在破旧的小课桌旁，对着手里密密麻麻的试卷，埋头苦算各种开平方根。从数字 2 开始，我写了又擦，擦了又写，仿佛无穷无尽。等算到小数点后第五十位，我冷汗直冒、心力交瘁之际，突然小旋风似的冲进来一个老师模样的人，他穿着白衬衣，中年谢顶，留着油光锃亮的大胡子。他大手一抄，上前撕掉了我的试卷，指着鼻子就骂，啊呀呀呀，端的好大的胆子，居然敢在他的眼皮子底下搞作弊。骂罢拎着我就往教室外拽。我还来不及为自己解释——梦里我死活就是张不了嘴发不出声——就被拖到了教学楼的走廊上，猛的一下，该老师卷起的衣袖下肌肉虬起，一把举起我就扔下了楼！

　　明眼人一看，便知道这个噩梦其实改编自毕达哥拉斯和希帕索斯的故事。在数学史上，这个故事引发了所谓第一次数学危机，简单来讲，就是作为学生的希帕索斯天真好学，一不小心就拆了作为老师的毕达哥拉斯的台。毕老师一时无法反驳，于是干脆利落地，把希帕索斯捆上石头扔海里淹死了。我搞不明白这其中的理论交锋之所在，倒是总结出了一个比会开平方根更有用的人生真理，那就是：如果你无法解决问题，那就解决提出问题的人。

　　"可你怎么知道你就一定是毕达哥拉斯，而不是要被解决的那个呢？"第二天我跟一个多年没见的香港朋友说到我的噩梦时他问我。

　　"那至少我知道可以闭嘴。"

　　"你……变了。"他停下脚步看了我一眼，黑框眼镜后目露狡黠。

"不然呢？说起来我们也有五六年没见了吧？"我拍了拍他的肩膀。

"对啊，我离开北京那家公司回香港之后就没见过了。"

当时他在北京一家广告公司上班，公司在北三环，住处在北五环外一个村子。村子像北方很多的城郊农村一样，高高矮矮的自建房灰头土脸地挤作一堆，小商店门口的摇摇车和隔壁发廊各自闪着彩灯，外地人开的川菜馆挨着山西刀削面，饭菜的卫生永远让人生疑。他租住的是村尾那种一排排的仓库式的房子，主要出租给一些小工厂，还有搞文艺的。空间宽敞，采光也好，还有自己的小院子。关起门来不看外面的话，其实居住环境还是不错的。但打开门的话，他每天还是必须路过一座经年累月堆积起来的巨大垃圾山，跨过两条沤着粪便和死猫死狗的河沟儿，再穿过一段儿绿皮火车的铁道，才能到达最近的地铁站。

"我记得是因为拆迁是吧？"我问。

他点点头，说整个村子都被拆了，那个冬天他搬走时，拆下来的砖头瓦块、钢筋铁皮在平整出来的无比广大的空地上，堆成了一个一个的小坟包儿，里面还压着好些没搬走的锅啊碗啊，破沙发破椅子。他说像电影里的场景，就拍了好多照片。

"拍着拍着，不知怎么，我突然就想回家了。"

晚饭时，他带我去了家鹅颈街市附近的大排档。菜市场蓬勃的烟火气感觉对美味做了某种加持。就着潮汕卤大肠、椒盐濑尿虾还有豉油鹅肠，我们很快就喝完了两瓶店里卖的一种新西兰长相思白葡萄酒。这让我想起了大学时我们成天混在一起的时光。

那时我们俩常常进行各式各样的喝酒比赛。这种比赛打着"为了磨炼未来醉酒艺术家的基本功"的口号，但现在想来，其实更多不过是我们为了对抗自己的茫然无措乃至无聊而发明的游戏罢了。我们给比赛设定了很多项目，比如有在规定容量与酒的品种的情况下的速度赛，也有在规定时间与品种的情况下的容量赛，还有不规定时间只规定品种的耐力赛，以及不规定时间也不规定品种的大乱斗赛。花样虽多，可比来比去，我们各有各的擅长，几年里总体一看，实在难分高下。于是无论是作为参赛选手的我们，还是各路看客，都越来越期待我们在毕业之时，用一场最终的决赛定出胜负画下句号。然而，任谁也不会想到，在最后一个学期开始前，他突然就宣布他再不喝酒了，他要去北京，他要去上班。

一个年轻人做出这种重大的人生抉择，俗套里往往就是因为爱情。我的朋友没能免俗。他爱上了一个北京姑娘，而姑娘的父亲是个酒鬼，其酒后的丑态百出造成了姑娘的童年阴影。所以姑娘给了他两个选择，要么继续喝酒，要么得到她的爱。就这样，他退出了比赛，放弃了和我一样为了成为一个醉酒艺术家而努力，剪了一个傻里傻气的发型，和姑娘一起去了北京。

"你知道吗，我是不会吃这个的。"喝到第六瓶时，他开始有点儿上脸，用筷子指着刚上桌的茄子咸鱼煲说道。

"你不吃茄子还是不吃咸鱼？"我把菜和着酱汁一起拌到米饭里，自顾自地吃起来。吸饱了油脂的茄子甜滑丰腴，搭配咸鱼的干鲜与刺激性的气味，有种官能上的想象和满足感。

他摇摇头说："其实也不是啦。"

"她真人也那么好看吗？"他指着店里电视上的一个当红年轻女明星问我。

我转头看了眼，我知道她也参加了昨天的慈善晚宴，但我并没有机会近距离看到她。"站在台上时，其实我谁也看不清楚。"我说。

"我觉得其实有点儿像她。"

"她？谁啊？"我半晌才反应过来说的是"她"。

"完全就是两个人好吧。你这眼神，明显女明星好看太多了。"我毫不客气地回道。

"哎呀，你不懂，人中很像啦。"

"你这形容很变态嘛。正常我们都说眼睛鼻子嘴，脸型身材，怎么就你盯着那儿看。"

他笑了笑，用力眯了几下眼睛之后，问道："你想知道我为什么坚决不吃茄子咸鱼煲吗？"

"其实我以前也吃的。"他轻轻敲了砂锅沿儿开始说。

他和姑娘好上之前，二十二岁还是个处男。自从他戒了酒正式得到了姑娘的爱后，觉得是时候改变一下了。那是个草长莺飞、猫三狗四的季节，空气里都是荷尔蒙的味道，这味道如此浓烈，足以遮盖掉学校旁的小旅馆里潮湿的霉味儿。他已经不喝酒了，但第二天早晨却像宿醉般头脑昏沉。她已经先离开了，还在床头留下了一袋早饭，余温尚在。他躺回床上盯着天花板，"我已经和她做过爱，不是处男了。"他想。他开始回味昨夜里的颜色、触感、气息、体温、湿度还有声音，觉得美妙得仿佛缺少实在感。想着想着竟又睡着了，再醒来时，赫然发现自己下体空前勃起，硬得发疼。

尝到了性爱的滋味之后，血气方刚的年轻人被勾起了在这事儿上的强烈探索欲，但遗憾的是，相对于他渴望考察她每一寸局部，尝试各种新奇姿势的热度，她要保守得多。她只喜欢传统的传教士体位，如果硬要让她在上面的话，她就会懒得动，以致迷迷糊糊地睡着。她也不允许他使用道具，也绝对不接受在白天做爱。这些习惯虽然有些扫兴，但他表示理解，毕竟他爱她，她也爱他，这让他觉得幸福。

"而且每次我们睡完，我总是一觉就到天亮，她永远像是刚刚离开，留下一份还热着的早饭给我。从无例外，规律得令人发指。"

"你就没问过她？"

"当然问过，她还嗔怪我每次弄完倒头就睡，跟猪似的，亏得她早起给我准备吃的补充体力。她这么一说，我也挺不好意思的。而且每次醒了都头晕脑涨的，很不舒服，我渐渐有点儿担心自己是不是身体出了问题。"

我促狭地瞪着眼睛看着他，他骂了我一句，喝了一大口酒。

他当然身体没问题，医生告诉他，别压力搞太大，注意劳逸结合，就把他打发走了。可想而知，这十二个字的医嘱并没什么用，诡异的规律依旧岿然不动地运行着。做爱→一觉到天亮→头晕脑涨→她离开留下温热的早饭，这完全无法构成一个有说服力的因果关系链条，他知道，这种情况说明他观察到的现象并不是参与规律形成的真正现象。为了搞清楚这个事儿——从现在起为了方便叙述，他准备暂且把这个规律叫作"爱饭定律"——他开始逐步沉迷其中。首先，假定做爱是引发因果的一个条件的话，那他需要观察一些他之前没留意的因素，以分辨哪些是必要条件，哪些是充分条件。他着手在每次做爱时记录一系列相关实验条件：男女双方的身体基本状况，诸如血压、心率；做爱的时间、地点，房间的温度、湿度、光照强度，空气里的负氧离子含量，等等。他认为在什么季节做、在星期几做也是相关的。作为对照组，他当然也不是每天都做，但即便如此，他的实验仍然需要身体力行地搜集极其庞大的数据，非常费时费力，同时他忽略了，这个实验不是他一个人想做就能做的。

在她看来，所谓实验，不过是他越来越暴露出来的性怪癖。试想在激情之际，突然被叫停说我们先记录下温度、湿度，来，我们测下血压，再戴上心率检测仪。好，开始！然后做着做着，他嗷嗷一声，哎呀糟了，忘了测卧室的 PM2.5 指数了！她一个只喜欢传教士体位的人，可以想见怎么接受得了。

随着他的研究行为逐步升级，在他提出想要装个摄像头以观察他从睡着到醒来这个环节里发生了什么时，她终于忍无可忍了。

"她骂我是个恶心的性变态，然后摔门走了。你能想象吗？她就这么和我分手了。"

"可你的确很变态啊。"我挠着腮帮回他。

他那么爱她，当然不想分手，但是给她打电话她从来不接，后来号码直接变成了空号。她也没上班，平时住在父母家，他想去找，可虽然他和她父母见过两面，但根本没去过她家，就连地址也不知道。她对此的解释是：她们家所在的大院是保密单位，他又是个香港人，就算两人结了婚，也要通过政审才能拿到进出大院的资格。就这样，她消失在了偌大一座北京城里，他一个外地人在这儿没亲戚没朋友，完全没了主意。

"大概一年之后，我搬到了村里，后来交了新的女朋友。就是你那年来见过的那个。"

我点点头说有印象。

"我没告诉你，等我交了这个女朋友之后，我才发现，可能我还他妈是个处男。"他的眼神开始飘忽。

"等等等等，你可说你之前做了好多次实验了的啊。"

"是啊，我也说呢。但和新女朋友做过之后，我才发现感觉完全不同。怎么讲呢，和这位做过之后，虽然不是每次都像和她做得那么舒服，但有种特别真实的触感。对方的身体有特别细微的回应，那是皮肤上立起来的毛孔，以及皮肤下的肌肉和脂肪各自的回应，它们的振动是不一样的。有时候我会很痛，或者很沮丧，相比之下，我和她每次更像是个被修饰过的春梦。"

"嗐，我懂了，就是你后来表现不行了呗。"我说。

"放屁！"他打了我肩膀一下。

"说了你也不懂。一比较，和她做爱的那些记忆就显得越来越不真实了。再想到我每次都会昏睡到天亮，她人也不在，我就想是不是我根本就是被催眠了，实际上我们什么都没发生。她只是在旁边准备好了早饭，然后打个响指我就醒来。因为只有这样，才能解释那个诡异的'爱饭定律'。因为从一开始，我以为是引发因果链条的做爱这个现象，就完全是个假象！是个幻象！爱都没有了，哪儿他妈来的定律！"

这时服务员给我们拿来了两支小瓶装的红星二

锅头。之前的白葡萄酒已经卖完没有了。正好聊到北京，我就提议我们来二锅头吧。

"很久没喝过了吧？"我拧开盖倒进玻璃杯，闻到一股锋利的清气蹿上来。

"能待多久啊？"她说她来香港出差时，他问。

"啊？你们后来还见过？"这我没想到。

"嗯，两年前见过一次，在香港。"

这次见面起因于一天他收到了一条来自陌生号码的短信："你现在好吗？"

"你是？"他下意识地回复。

隔了几分钟陌生号码才回过来："我……"后边跟着那个名字。

他说其实在回复完第一条短信后，他就隐隐有种直觉，可能是她。

我说："这根本不是什么直觉，是你潜意识里根本就盼着这事儿。"

他摇头笃定地说："不是的，是真的有预感。"

他们约在文华东方酒店喝下午茶，她说她住在这边。

"你怎么找到我的电话的？"他问。

"问以前学校里的朋友啊。"

"可当年我问遍了所有人也找不到你。"

"那也许是因为你没有接着找。"她浅笑着看他。

他看着她，感觉她在闪闪发亮。无穷的爱意再次涌上心头的同时，他又觉得愤怒。

"无缘无故不辞而别然后就消失不见的人又不是我！"他不由得提高了分贝，引得邻桌侧目。

她看了周围一眼，盯着他："第一，我不是不辞而别，我说了分手的，至于原因，你自己也知道。第二，我没有消失，是你自己找不到我好吗？过去了这么久，如果你还要拧着说这些事儿，那我错了，我就不该找你，不该又和你见面。"说完端起咖啡呷了一口，一脸愠色地望向窗外。

她的人中，因为生气在难以察觉地抖动，凹面也变得更深了。他说那一刻，他在来时路上准备好的所有骄傲，一下就统统丢盔卸甲了。

晚上他们在中环吃了家高级日式法餐，她选的餐厅。

"你什么时候也开始喝酒了？"他点了香槟。

"我父亲去世以后吧。"她说。

"对不起……"

她摇头说没事儿："我现在有点儿理解他了。你呢？我们一分手，你不用再戒酒了，开心吧？"

"怎么会开心呢？"他心里说，她消失的那个冬天，他喝了很多酒，可一次都没醉过，像是对酒精完全耐受了一样，既不能放大他的悲伤，也不能助长他的快乐，而他只想在听深夜电台节目的间歇里，能睡着一会儿罢了。

"你又露出那种无辜的眼神了。"

"有什么问题吗？"

"有时候会让人心疼，但有时候让人生气，想抽你。"她笑着看他。

当天晚上在床上她真的抽了他两耳光。不同于以前和她那些他怀疑是被催眠的幻象、被修饰的春梦的经历，也不同于他后来和其他女人的感觉，他说从他们的身体里蒸腾出了一层大雾，湿热又黏稠，他的眼镜模糊了看不清，只能那么一点点地摸索，朝着混合着汗水和她的香气的方向。然后像一条船悄悄滑入水面，芦苇都没晃动，唯有一圈圈涟漪扩散开，他就进入了她的身体。他甚至都没反应过来，虽难以察觉，却有种从未有过的真实感。有种东西不断地膨胀，充盈挤走无尽的虚空。他开始变得疯狂，她也报之以疯狂，他们尝试着所有以前他们没有尝试过的招式。他不停地喝酒，含在嘴里灌给她。她抽他耳光，用指甲掐他的后背和大腿，乐此不疲，折腾到天亮。

他们挪动着躲开床单湿透了的部分，抱在一起。

"我闻到一种气味，不是很好闻，但感觉很熟悉，却想不起是什么。"他说。

他抽动着鼻子，希望想起来。

他开始闻她的头发、脖子、嘴，在身体上一点点移动着分辨，这让她脸红起来，那个气味一下就更清晰了。他深深地吸了两口，不由自主地又空前地勃起了。

他们又做了几次。

"晚上出了酒店，我就带她来吃的这家。然后

150

我们也点了这个。"他指着茄子咸鱼煲说。

　　"我一下反应过来那种气味是什么了。"

　　"所以，你不吃是怕当众勃起吗？"

　　"不是。"他白了我一眼否认道。

　　"我只是怕伤感。"

见手青

我吃见手青中毒，是有一年在云南的事儿。

当时我的一个朋友接手了一家丽江的小客栈，请我过去住几天。

我这个朋友比我年长些，留着旁逸斜出、乱七八糟的头发胡子。我刚认识他的时候他就这模样，只是那时好多天没洗，都虬结在一起，如同野人。他为了完成一个计划，那时已经出门快两年了，从祖国的东南出发，一路走到了鸡冠子尖儿上，然后开始折返往鸡屁股走，大概算是走到了鸡嗉子时——

对比中国地图和鸡类解剖图的话，湖北应该是这部位——我们认识的。

关于他的计划，介绍我们认识的另外一个朋友给我大概提过。

"就是这个吗？"我们约在江汉路那边一家烧烤店见面时，我指着他脚边的一个易拉罐问。

那是一个已经千疮百孔的易拉罐，从圆柱体变成了多面不规则体，意味着它的表面积增加了不少。颜色已经掉了很多，但还是能认出是什么品牌来。

他点点头，抽了口烟，看了看那个易拉罐，眼神深沉。

两年来，他踢着这个易拉罐，已经走了很远的路。

他说他的计划就是：一路走，一路踢，踢到哪里黑，就在哪里歇。

"为什么啊？"

"没什么为什么啊。"

喝着金龙泉啤酒，我采访了他。

从做决定到出发，只用了几个小时。他收拾好行李，换了双好走路的鞋，背了个六十五升的包就出发了。

"凌晨三点二十二，我看了表。晚上车少，我想赶在早高峰之前出城。"

"你怎么选的路线呢？"

"我不能走高速嘛，所以我就选择了从我家能上的最近的国道。我是走了几天之后才开始有意规划路线的，往北走，因为北方很多地方我都没去过。

"开始的两天最难，我没踢过足球，脚下没有控制力。要踢得远的话，走起来能快些，但不好控制，罐子要是踢到路中间，会比较危险，而且罐子如果被车压扁了的话，就不好踢了，或者掉到捡不到的地方就前功尽弃了。但是如果踢太近，步子太碎，走起来慢，还很容易累。

"后来熟练了就好了，天气好，不遇到什么特殊路况的话，一天大概能走二十多公里。

"不是，也不是所有的路我都用走的，每天我会算好距离，确保我晚上能找得到地方住，尽量不用风餐露宿。感觉要赶不到地儿了我就会搭车，或者收起来不踢了走快点儿。要么就是先坐车，到差不多的地方我再开始踢。"

"你不会觉得这样是作弊吗，或者说这个事儿就没那么纯粹了？"我问他。

"我不需要对谁负责，对谁有交代吧？这就是我自己的事儿，怎么开心怎么来吧。纯粹这种东西，很多时候就是个表演项目，你懂我的意思吗？

"意外？意外太多了，上了路你才知道，现实环境里有多少你想象不到的地方。比如有次我正路上踢着呢，前边儿路边蹲着一个老头儿，一动不动地，穿个脏兮兮的破军大衣，完美地和路边灰头土脸的灌木丛融为了一体，所以我没走近前根本没发现他。然后罐子不是滚在我前面吗，喀啦喀啦的，那老头儿就看见了，一伸手就把罐子捡起来，往他的蛇皮口袋里装。我一看吓坏了，一个箭步冲上去，我说：'大爷大爷这是我的！'老头儿也吓了一跳，下意识就捂住了他的口袋，说：'什么你的，这我捡的。'好说歹说就不给我。最后，我掏了两块钱给老头儿，我说：'我买，你捡了不也就是去卖钱吗？'这才算是还给我。我接过来的时候，老头儿看我那眼神儿，哈哈哈哈，特别好笑。他说：'老板，要不我这一袋子你都买了吧，算你便宜。'

"还有一次，那次真是把我折腾了好多天，快崩溃了。我走到临沂，妈呀，出意外了，我把罐子踢到河里了，啪嗒一下，从桥栏杆的缝隙就掉下去了。那河不宽，也应该不深，但又浑又脏，我不会游泳，就是会也不敢跳啊。等我下到河边的时候，易拉罐已经沉底了，我一下就绝望了。

"我坐在岸边抽了半包烟，想办法。我想潜水下去，但是我不会啊，现学的话也不知道要多久。请个专业的话，应该也不便宜，而且要等人来这儿，时间拖得越久，罐子在水下不知道会跑到哪里去，就更难找回了。

"也是不幸中的万幸，我突然反应过来，我踢的那个罐子是马口铁的啊，不是铝的，这就有办法了。我赶到临沂市里，买了五个强磁铁和几十米绳子，隔一米系一个，串成一串，这就制成了我的打捞工具。"

就这样，在那条污脏的河流上，一个须发蓬乱的南方人，划着一个充气橡皮艇，以当初易拉罐落水处为中心，以 100 厘米 × 100 厘米为单位，划了 20×40 总共 800 个格子的作业区域，一次次把他的打捞工具抛入，拉起，抛入，拉起。

"最后捞了几天？"

"三天。其实到第二天下午我就基本放弃了。"

"好在最后还是找到了。"我说。

他嘿嘿一笑，说："其实并没有。"

"三天，我捞出来一堆一堆的破烂，破铁皮、锈钉子、破桶，但就是捞不到那个罐子。我突然发觉了这个事儿的徒劳。我不能永远在这里耗下去吧，我的初衷不是来这儿打捞啊。我想做的不是这个啊。"

他把橡皮艇划回岸，放了气儿，拖到了附近村子的小卖部。他把磁铁和橡皮艇给了老板，换了一箱方便面和几罐啤酒。就坐在那里，他吃完了一桶面，喝完了一罐酒，扔在地上，重新上路了。

"那一开始那个罐子，你之前一路这么小心，不就没有意义了吗？"

他想了想，把烟头扔在地上踩灭。

"重要的不是罐子吧。或者说，重要的也不是意义。"

他不过是在一个毫不意外的夜里、加完班回家的路上，在街边看见了那个毫不起眼的易拉罐，下意识地踢了一脚。罐子的声音在街道上回响，路灯把自己的影子拉伸得很长。

"就这么一直踢下去，什么都不想。"他说那一刻他只有这个念头。

不过他并没能一直踢下去，计划在走到鹤庆时就被终止了。他意外摔断了小腿。

一个人躺在小旅馆的床上，看打着石膏的腿映在墙上的影子发呆时，他发现台灯的暖光照出来的影子要浓些，顶上日光灯的冷光照出来的要淡些。当他摁燃打火机时，恍惚能照出新的影子来，淡到难以分辨，还很容易烫手。

"人其实有九个影子，但是我们一般顶多能找出来六七个。"

这是他在那段日子里百无聊赖琢磨的课题之一。

"这不是取决于光源有多少吗？"我反驳道。

"当然不是，你看医院用的无影灯，那灯头还不够多吗？"

他接着介绍说九个影子还分别有自己的名字。第一叫右皇，第二叫魍魉，第三叫泄节枢，第四叫尺炱，后边还有一堆，他记不太清了。总之，这是记载在一本叫《酉阳杂俎》的书里的。

说这话时我们坐在他客栈的院子里，吃着美味的菌子。黄油煎松茸、猪油蒸鸡枞、青椒炒干巴菌，煮了一个火锅，烫鸡油菌、奶浆菌、羊肚菌，实在过瘾。不过要论我最爱的，还是各种牛肝菌，红黑黄白无一不好，干辣椒下锅，油要宽，烈火烹熟，那真是唐僧肉来了也不换的痛快。

就着菌子，四块五一瓶的鹤庆产大麦酒我们连喝了三瓶，到夜里一点多，才心满意足地各自回房间去。

那晚上睡到半夜我就醒了，或者说，是我以为我醒了，因为突然袭来巨大的眩晕及其带来的呕吐欲。我想不至于啊，就今天那点儿酒的量。趴在床沿儿酝酿了一会儿，什么也没吐出来。好在这种感觉并没持续多久，我点亮台灯，倒水喝。特别地渴，我喝完了水壶里所有的凉水，还是口干舌燥，好像连眼皮都开始发烫了。这时我发现，我投在墙上的影子，一顿一顿地，开扇面儿一般，竟逐渐展开成了一串儿。我数了数，不到九个，只有七个，还各色不同，按照赤橙黄绿青蓝紫七色排布开来。

　　我们都知道，伟大的艾萨克·牛顿爵士，因为伦敦闹瘟疫在家自我隔离时，顺手做了著名的三棱镜色散实验，发现了不同颜色的光的折射率是不同的，但显然，我肉身凡胎，并不是块三棱镜，光线不会穿过我而分成七色，眼前的现象完全不符合物理学常识。也因此，在知道投影的大小与物体和光源的距离有关，且我趴在床上一动不动，与台灯的距离并没改变的情况下，眼看着那一串七色影子以一种在 Photoshop 里锁定比例放大缩小的操作般被压缩到墙角只有踢脚线那么高并被镜像翻转时，我也就不大惊小怪了。

　　扇子合上，七色重新叠在了一起，还原成一个黑色的影子——当时的情况下，这种与光色原理背离的地方已经可以忽略不计了——贴纸一样地贴在墙角。当然这样的比喻并不确切，因为当那影子之后把自己从墙角呲啦一下撕下来，并向我走来时，原来的位置上，一样的形状，一样的颜色，丝毫不变。这更类似于单细胞生物的二分裂。

"小生邓乙，夤夜来访，还望兄台莫怪。"那影子上前拱手说道。

到这里，云南的朋友早就明白了，我哪里是喝多了，我是典型的见手青中毒了。见手青，因其子实体受伤后会呈现一种靛蓝色反应而得名，属牛肝菌科，在云南，每年都有食用见手青导致中毒的案例出现。常见症状除恶心、呕吐、腹泻一类肠胃反应外，幻视"见小人"也相当普遍。据说这是其中含有的某种类似麦角酸二乙基酰胺（俗称LSD）的神经毒素所导致的。情况严重的，甚至会昏迷、休克乃至死亡。

这当然让人后怕不已，冷汗直冒，但身在幻觉中时，我却一点儿都不恐惧。以下，便是我通过事后回忆完成的，对此次中毒反应的详细记录：

话说自称邓乙的小人儿，留着"猪尾巴辫儿"，俨然像个清朝人。

我说："大清朝都亡了多少年了，你怎么还这打扮？"

他白了我一眼："无礼！茶也不上，就这么待客的吗？”

我一听笑了："行，普洱可以吧？"

烧水泡茶，分茶，倒入小杯。

"你想坐哪儿喝？"我问。

"就地上吧，你拿本书给我垫垫，地上有点儿凉。"他倒是不客气。

他介绍说，自己只能说从某个角度讲是清朝人，严格来讲，他现在就不是人。但他还是人时，的确生活在乾隆年间。

"那你现在是鬼？是妖？"

"哎……也不算，我的事儿有点儿复杂。"他吹了吹茶杯里的茶，手倚着杯沿儿探身喝了一口。

他说他死于乾隆四十三年，但死后既没有被安排投胎，也不是孤魂野鬼，成了一种生活于人类影子里的存在。就是说，当一个人的影子出现的时候，他可能在那个人的影子所在的平面里，下一秒，他也可能出现在世界上另一个人的影子的平面里。他穿行于整个世界同时以及相续出现的人类的影子中。

我没太听明白。

"就是说，我上一刻可能在万里之外的某人的影子里，但我下一刻，推开一扇门，就到你的影子里了。"他解释道。

"所以你刚从哪儿来的？"

他一脸严肃，说："这我可不能告诉你，这是有规定的，不能随便泄露。总之吧，我来找你，是有你的事儿的。"

"我的事儿？"

"对，不过在此之前，我得先介绍介绍我。"

他说自己还在当人时，是个特别孤独的人。父母也不在了，没朋友没老婆，家里也不宽裕。他每天晚上就枯坐在屋里，也没什么娱乐，面前就点一盏豆儿大的灯，多了都点不起。类似的情景，就着这么一盏灯，比如说在《聊斋》当中，人家都在苦读诗书以求功名，但邓乙没有。他说不是他不想，而是太孤独。

"就是什么都不想做，郁闷得很。"

"理解，理解，按我们现在的医学研究，对人类这种社会性动物，孤独可能引起的抑郁症，岂止是消磨意志，严重的还会要人命。"

"我那时候不懂啊，别说我，老中医也不懂啊，过来一号脉，无非就是说我肝郁脾虚，开方子抓药去吧。"

他没抓药，觉得没什么用，还花钱，眼看一天天情况更严重了。

有一晚，他顾影自怜："你说你，天天陪着我，都这么久了，就知道死杵在那儿，怎么就不知道陪我玩会儿呢？"

结果影子答话了："行啊，没问题！"唰的一下就从墙上跳到了地上。

可把邓乙吓坏了："啊呀呀，你是什么妖怪！"

影子一听就乐了："你这人，不是你叫我来陪你玩儿的吗？你这什么态度啊？"

"等一下。"我打断道，"你说这情况不就和今晚上差不多？我可没请你陪我玩儿啊，你是不请自来的。"

他瞪了我一眼，示意我别打岔。

又和影子聊了两句，他的心神才算稍定下来。

"那……那……那怎么玩儿啊？"他怯怯地问。

"你……想怎么玩儿……就怎么玩儿……"

既然想怎么玩儿就怎么玩儿，邓乙想了想："那，先给我来个好朋友吧，要风度翩翩的那种。"影子二话不说，变作一个白衣公子，谈吐风流气质佳，吟诗答对，两人一下就聊到了半夜。

　　邓乙说："你再变个大官儿吧。"白衣公子马上又变作一个大官儿，官靴官服，补子上绣着仙鹤，大红顶戴插着二眼花翎，坐在床头，不怒自威。

　　邓乙又说："能不能变个美人儿啊？"大官儿走下床，一转圈儿，变成了一个大美人儿。可以想象，一个孤独的三十岁男子，此时还怎么把持得住，当下就手拉手，春风一度。

　　从此之后，想什么就变什么，邓乙和他的影子过上了幸福的好日子。

　　"而今天晚上，恭喜你，听了我的成功案例之后，你不用悲伤，不用羡慕，更不用嫉妒不用自暴自弃。机会面前，人人平等。我来，就是把和我一样获得幸福的天大的机会带给你的！恭喜你，撞大运了。"

　　"你是说，我想要个什么，你就能变成什么？"

　　"对，什么都行，越多越好，快快快，说说！"小人眼里放光，变得激动起来。

我看着他在地上开始绕着茶杯转圈儿，脑后的辫子翘起来，有节奏地摔打在背上，觉得有点儿滑稽。

"不行不行，你要变个美女，不也就那么大点儿吗？有什么意思啊。"我故意逗他。

"我可以放大啊，你说多大就多大，哪里不满意就改哪里。"

那也不行，我摇头道："就是再满意，我也还是知道是你变的啊，人不人鬼不鬼的我不知道，但我至少知道你是男的，还是算了吧。"

他皱着眉，表示我这种顾虑是完全没有必要的，虽然他可以理解，但还是要告诉我，其实不管是谁变的，那美女就是真美女，公子就是真公子。

"凡所有相，皆是虚妄。听过《金刚经》吗？而你，就是太执着于相与相之间的差别了。但所有相都是虚妄，更何况其中的差别呢？这叫差别心，要不得。"

"既然都是虚妄，那我让你变这个变那个又有什么区别呢？变与不变也没有什么意义嘛。"

"此言差矣，你只知其一，未知其二。虚妄归虚妄，但人生在世，如夜里航船，东西难辨，但总得往前划啊。所以于所有相中，最少你得挑一个，并且相信它。"他正色道，"一旦你相信了，深信不疑，一切皆可成真。"

他竖起一根手指头，先是向上，然后指着我。那指头一点点地变长，末端一点点地变粗，并开始发出白色的光亮，不断逼近我。

"所以，好好想一想，选一个吧……"

这时我已经看不到那小人了，他隐身在那巨大的手指头之后，白光已经遮盖了我大部分的视野，这让我又开始感觉眩晕。

"选一个吧……"他又说了一遍。

第二天早上我是被痛醒的，腹痛难忍，爬起来跑了不记得多少回厕所。

我把我的状况告诉朋友，他也很纳闷，因为我们吃的喝的都一样，他什么反应都没有，既没拉肚子，也没见小人儿。

我给他说起最后那根手指头越来越近，除了一片晃眼的白光，我已经什么都看不到了。然后无数的小黑点儿开始在光里闪烁，像老式电视里的雪花画面一样，只是黑点儿好像没那么大。然后我就什么都不记得了。

"所以你最后其实什么也没让那个叫邓乙的小人变？"

"我不记得了，应该是。他当时一遍遍地催我，要我选一个，选一个，那声音倒像是催眠。"

"倒也是啊……该选个什么好呢？"朋友摸着胡子说。

酱骨头，还有苹果

因为疫情，我整整七个月没接到演出的活儿了。我换了个住处，房子虽然旧了点儿，但在老街区，生活很方便。我就是从那时起开始经常去老王家的东北饺子馆吃饭的。

馆子不大，但干干净净的。老王身形高大，看起来四十多五十不到，有点儿肚子，但算不上胖，剃着很短的寸头，挂着金链子，戴副金丝边眼镜，每天叼着烟在门口坐着。不玩儿手机的时候，他就喜欢和客人聊天，东拉西扯的，我去吃饭的次数多了，老王和我也就熟了起来。

宋美荣的故事，就是平安夜那天我们一块儿喝了点儿酒后，老王给我讲的。本来我当天晚上是有场小剧场演出的，但是因为某些原因，这事儿就被取消了。但我为演出准备的酒早就买了，买都买了，那就喝了吧。

在老王那儿点了二两猪肉茴香馅儿的，二两猪肉酸菜馅儿的，一份锅包肉，我拧开一瓶威士忌，问他要不要一块儿喝点儿。

"你这啥酒啊？"老王问。

我说："你自己过来尝尝呗，好东西。"

"啥玩意儿啊，消毒水啊。"老王咂了咂舌头。

"消毒水就对了啊，里外消毒，有益健康。"

"拉倒吧，我还是整白的吧。"

可说归说，没多久老王还是把我给他倒的那杯喝完了。我又给他续上，他也没有拒绝。

"你演出没演出了，钱也没挣着，自己还搭进去酒钱，不白瞎了吗？

"你说这玩意儿有啥可喝的呢？不便宜吧？

"你那啥演出我咋听你说着跟我们东北二人转差不多啊，你拿手的啥绝活儿啊？"

老王平时话就不少，两杯下肚，更是停不下来。

"哥不白喝你的，哥请你吃肉。"

那是一大盘红光锃亮的酱骨头，细微地颤动着，油花闪烁。我也不客气，戴上手套就啃，骨肉分离，连咬带吸，三下五除二就吃掉了几大块儿。不得不说，吃肉剔筋、敲骨吸髓这种事儿，有种满足了原始本能的快感。

"每次吃酱骨头，我都感觉根本不是在用嘴吃。"我摘下手套举杯敬老王。

"不用嘴吃莫非你用那啥吃啊。"

"不是，我的意思是，味道什么的其实都来不及细品，顾不过来了，像是喉咙、食管还有胃一个个地在往前赶，要把第一口肉先抢到那样的，都没嘴什么事儿了。"

"兄弟，你那就是饿。"老王笑道，"说起这个，我想起我听说过的一个最能吃酱骨头的人来。"

"最能吃？有多能吃啊？"

"五十斤。"老王伸出一个巴掌到我面前。

这就是宋美荣的故事：

老王说二十世纪九十年代末，他老姨从工厂下岗了，一个厂子的宋美荣两口子也是同一批。他老姨和宋美荣两口子不算认识，也都是后来听人说的。宋美荣下岗时已经四十八了，她男人五十一，还有个儿子在外地念书。这一下没了工作，厂子里说好的买断金也没有当即兑现，每个月俩人的基本生活保障金加一起四百八十块，还只发两年的，指着这个可活不下去啊。她男人以前在厂子里就是个力工，也没啥技术，年纪大了，身体还不好，一开始在劳务市场蹲了些日子，啥活儿也没接着，打零工人老板都愿意用农民工。后来干脆就不去了，白天就在劳动公园跟人下棋，晚上就蹲家里喝闷酒。

宋美荣呢在饭馆烧烤摊打过几份工，都干不久，也就挣个仨瓜俩枣的，总之就是勉强度日吧。后来她凑了点儿钱，在工人村农贸市场摆了个卖菜的摊儿。那菜市场大冬天的，零下二十度，风嗖嗖地往里灌，那个冷啊，当天晚上回家宋美荣就病倒了。高烧三十九度，火炭似的，手脚抖个不停，她男人看这不行啊，第二天给她拉到诊所输液，输液输吧，几大瓶子也降不下来，就这么烧了三天三夜。

到第四天，宋美荣醒了，骨碌一下坐起来，说饿了，要吃肉，吃酱骨头。她男人一摸脑门儿也不烫了，行吧，先回家。道儿上买了几斤回去现做。刚一出锅儿，她也不怕烫，拿起来就啃，咔哧咔哧，几下就啃完肉吸完骨髓，说不够，还要吃。她男人说你个倒霉娘们儿，这两天输液就花不少钱，差不多得了啊。

宋美荣眉毛一拧，手里不是还拿着棒子骨吗，一用劲儿咔嚓一声就把骨头掰成了两截儿，说你他妈的别管，赶紧的，再买十斤来。

她男人哪儿见过她这阵势啊，吓到了，寻思咋一烧烧得性情大变，力气也还长了呢，乖乖又去买回来十斤。炖好又是一顿啃，完了还说不够，再买去！她男人巴巴地又买了十斤骨头，吃完还是说不够，还要吃。她男人这下终于忍不了啦，指着她鼻子骂："妈了个巴的宋美荣，你他妈的这日子是不想过了是吧，你要今天撑死你我管不了，但你他妈的不能明天饿死我啊。"

宋美荣也不还嘴，自顾自地嘬着手，眯着眼冷冷地看着她男人。

"姓杨的，听好了，你今天让我吃饱了，我保你明天饿不死，后天也饿不死。你会活到六十八，你就不是饿死的。"

她男人后来跟人说起，他那时候只觉得一阵寒气儿从脚心直冲天灵盖，小腿肚儿打战，脑子一下就懵圈儿了。他后来云里雾里地怎么又去买的骨头，又怎么再做好，宋美荣怎么终于心满意足地吃饱了，这些事儿他都全不记得了。反正事后反应过来一看，家里一桌子的骨头堆得跟小山似的，算上之前的，宋美荣吃了少说也得有五十斤。如此壮举，当天就在街坊四邻间传开了。

宋美荣说，烧得迷迷糊糊时，她梦见自己当小姑娘住在姥爷家那会儿养的那只小芦花鸡儿了。那时她稀罕这鸡得很，每天抱着吃食喝水一块儿玩儿。有天她早上醒了，像往常一样就去开鸡圈看小鸡儿，结果只看见一地的鸡毛，一条黄皮子——黄皮子知道不？就是黄鼠狼——就站在那儿，也不跑，就直勾勾地看着她。她一下就被吓哭了，转头就跑，哪知道那黄皮子龇着牙就追上来了。她想往屋里跑，可明明就几步路的距离，她一直跑一直跑，却怎么也摸不到门口儿，就像原地踏步似的。黄皮子却越来越近，她都能闻到它的臊味儿飘过来了，把她给急的，累得不行但又不敢停，转头想看黄皮子追到哪儿了，刚一扭头，吭哧一口，黄皮子蹿上来就咬住了她的咽喉。

"然后我就醒了。"宋美荣说。

第二天，宋美荣在自己家里立堂口，顶仙出马了。

"出马仙知道不？说自己是哪个哪个大仙儿的弟子，就是跳大神的。这在我们东北有讲究的，五大仙，狐黄白柳灰，就是狐狸、黄鼠狼这些个动物吧修炼成仙了，找个人上身附体。宋美荣她顶这个就是黄大仙儿。然后立堂就是开香堂，红纸写上大仙儿的名号，一副对联'在深山修真养性，出古洞四海扬名'贴在左右，供起来上香，从此这地儿就是这位大仙儿的地盘儿了，要瞧病的，要看事儿的，就可以上这儿来找来，宋美荣就挣这份儿钱。"老王解释道。

"这能行吗？人家得信她啊，仙儿不仙儿的，这不都是宋美荣她自己一张嘴说的吗？"我怀疑道。

"这不看广告看疗效啊，她还就真灵了。别人说的我不信，但我老姨是我亲瞅着给她瞧好了的。"

老王说他老姨下岗后就没再工作了，老王的姨父头几年就出来做了点儿小生意，多的不说，养活家里还是可以的，所以经济方面比起宋美荣们还是宽裕不少。一开始他老姨还挺自在的，天天在家就收拾收拾屋子做做饭，出去跟人打打牌，公园里跳跳舞啥的。可日子一长她就不对劲儿了，先是说头疼，然后又说胃疼，看见太阳光就抹眼泪，偷偷在那儿哭，最后家里只有天天窗帘都拉得死死的。大门不出二门不迈，亲戚朋友来家看她吧，也爱搭不理的。去医院吧，这查那查，医生说是抑郁症，吃药治疗吧。结果吃了药也没见好，天天就躺着不起来，整个人肿了三圈儿。

"我去看她时，我问说我老姨到底啥病啊。我姨父说什么他妈的抑郁症啊，这他妈就是闲的。我和她说话吧，答非所问的。有回一看见我就找我要酒喝，我们心想喝点儿也好，小酒一喝，乐呵乐呵兴许能好点儿。结果没喝几杯就开始撒酒疯。要知道我老姨年轻时候可是和厂里一帮老爷们儿拼酒，五六个人，愣都没喝过她。谁曾想呢，那酒疯一撒吧，胡言乱语的，那他妈是真胡言乱语啊，说的不是东北话，都不是中国话，不知道咋咋呼呼的是啥鸟语。

"最后也不知道是谁给提的，说要不找个大仙儿给看看吧。那时宋美荣已经小有名气了，人也推荐，以前又是一个厂的，死马当活马医吧，就找过去了。

"当时我姨父、我妈还有我陪着一块儿去的。一进门儿挺客气的，来了哈，坐，坐。还没开口，宋美荣就说，啥情况我都知道了，来吧，一指我老姨，又一指地上的蒲团，跪下。我老姨一听也不知道咋一下就急了，啥玩意儿啊，跪你妈跪啊。我妈给我使眼色，拽着我老姨就想把她往地上摁，宋美荣一摆手，没事儿没事儿。坐那儿自己掏出包烟来，抽上了。她慢条斯理地打量着我老姨，我老姨昂首挺胸瞪着她。宋美荣站起来走到我老姨跟前儿，笑眯眯地，突然一口烟吐我老姨面门儿上。我老姨一呛，捂鼻子一扭头，她转到我老姨背后，咣就是一脚踹在腿上，我老姨立马就跪下了。

"然后吧，也不知道我老姨是给踹懵了还是咋的，也不骂街也不起来，跪在那儿就开始抽搭。宋美荣转回自己椅子上坐着，还是慢条斯理地抽着烟跟那儿瞅。眼看就抽到烟屁股了，她把那烟一手捏着冲天，朝我老姨举着，大喊一声——'抬头！'我老姨一抬头，烟屁股砰地一声爆出一火球儿，宋美荣另一只手大拇指掐着中指朝那火球儿那么一弹，嗖一下火流星似的轰地打在我老姨脑门儿上，炸起一团火星儿，人当场就躺地上了。

"我们根本没反应过来，等反应过来上去搀她的时候，只见她两眼紧闭，脑门儿正中一块红，那是叫火星子给烫的。我妈一下慌了，别是他妈的把人给我们治没了吧。

"'有气儿，死不了，放心吧。你们抬回家，睡一觉明儿就好了。'宋美荣悠悠地说。

"我姨父一探鼻子，人确实没事儿。我们将信将疑地瞅着宋美荣。

"'瞅啥瞅啊，仙家在上，还能忽悠你们咋地？'宋美荣冷笑着又点起一根烟。

"我那一下，鸡皮疙瘩从后脊背就开始直往外钻。"老王说。

"后来呢？"

"后来我老姨就好了啊。第二天醒来，自个儿做了早饭自个儿吃了，然后洗脸化妆，描眉搽脸地，捯饬了一上午。完了和我姨父说，她不想成天搁家待着了，出去找个工作也行，做点儿小买卖啥的也行，他要愿意给点儿启动资金呢就给，不给也没啥。我姨父说你他妈这又是作啥妖啊，换个发病模式接着来是咋的，病敢情还是没他妈好啊。我老姨也没吵吵，二话没说转头就出门儿了。"

"所以，你老姨到底是好还是没好啊？"我问。

说实话，我其实根本不关心老王的故事最后怎么样了。我不过是在某个特定的时间和某种特定的情绪里，想找个人一块儿喝喝酒罢了。听他吹牛逼，是一种交换的条件。

从饺子馆散了，我在江滩上蹲着抽烟时，对岸摩天楼群的 LED 幕墙上浮游出几条巨大的锦鲤，有种便宜的超现实感。嘉陵江水像金丝绒，过路的沙船像熨斗，慢腾腾地熨开去，却熨得更皱了。这种景象我已经看了无数遍，那年没什么事儿干，我就常常晚上跑江边来。每次来总会看见一个中年男人在大桥下的水湾那边儿夜钓，有时他离开得早，有时我离开得早。他看得见我，我也看得见他，但从没打过招呼，我们默契地待在各自的地盘里。意外的是，那天晚上，他没在。

快到十二点的时候，对岸有人开始放烟花，飞到半空，光亮微弱。我想起五年前，好像也是平安夜，也是在江边，也有人在放烟火。那时我其实并没有直接看到天上的烟火，我是从她的眼睛里看到的。宇宙灿烂，我只顾得上看她了。

算了，再喝点儿吧。

圣诞老人渝 A 054 是十二点准时出现的，划着划水板从江上而来。不得不说这个出场方式还挺有新意的。他戴的圣诞帽点缀着一闪一闪的 LED 彩灯，一看就很廉价。也没穿大衣和靴子，而是光脚穿着黑色的贴身冲浪服，背的红色双肩包滚着毛茸茸的白边儿。他当然也不是留着大胡子的白人老头儿，而是一个脸孔黝黑、身形矮胖的年轻人。之所以这么称呼他，是因为他就是这么介绍自己的。

"圣诞快乐，大哥。我是圣诞老人渝 A 054。"他说的重庆话。

我说怎么搞得跟车牌号似的啊。他解释说不是车牌号，是工号，表示他是重庆主城九区范围内的第 54 号圣诞老人。

"行吧，圣诞快乐。"我说，低头接着喝我的酒。

他擦干净脚，从双肩包里拿出鞋穿上，夹着划水板又朝我走近了几步。

"大哥，你有没得烟，给我抽一杆儿嘛。搞忘带了。"

我掏出烟和打火机递给他，他点着，顺势坐在了我对面。

"大哥，我是专门来找你的。"

"找我？找我做什么？"我警觉起来。

"当然是送圣诞礼物啊，过节呢嘛。"

"然后是不是我就得填资料，买你们的产品了？我懂，行了行了，我没钱，你自己留着吧。"

"哎呀大哥，我不是搞传销的。我真的是圣诞老人。不需要你的资料，你的资料我们公司有，全世界人的资料我们都有。"

我一听就火了："妈的现在诈骗公司都这么嚣张了吗？"

"不是不是，大哥你误会了，我们也不是搞诈骗的，你听我慢慢给你解释。"他也慌了，赶忙摆手。

他说世界上真的有圣诞老人，不过不是一个人，是一家公司，国际大公司。大家熟知的那个形象，就像麦当劳的小丑、肯德基的山德士上校一样，是品牌形象，并不是真有那么一个人。

"世界那么大，那么多人，一个人去送的话，怎么可能嘛。肯定要分派到全球各地我们这些业务员的身上啊。"他煞有介事的样子。

"那贵公司主要的业务是什么啊？"

"简单得很，就是喊我们来送礼物啊。"

"不收钱？"

"不收钱啊。"

"那你们这个盈利模式我确实看不懂，孤陋寡闻了。"我拱手道。

"盈利模式？这个我也不懂，我就是个基层业务员，哪儿搞得懂这些，反正每年这天公司派任务。公司有个啥子大数据算法哦，反正算出来今年要送好多个人，送啥子，送到哪里，送给哪个，我们照办就是了。"

"每年就这么一天儿？那你平时干什么啊？"

"我有工作啊，送外卖。"圣诞老人渝 A 054 说。

他把一个小绒布袋子塞给我之后，又划着划水板走了。他说该去送下一单了，要不今天完不成了。

我打开袋子，里面就是个苹果。

"神经病。"

我把剩下的酒喝完，跌跌撞撞地回家了。随手把那个苹果放在了床头。

不记得过了多久，有天晚上我又自己把自己喝多了。半夜醒来，有种被魇住的感觉，安静得让人发慌。我打开台灯，看到了那个苹果。

黄色的灯光下，已经皱得像个小老头儿。我下意识拿起来啃了两口，绵软不堪，真的很难吃啊。

才发现原来上面是印着字儿的，可惜被我啃掉了半边儿，我已经认不出来了。

2021 年 3 月 9 日增补修改于重庆

图书在版编目（CIP）数据

醉酒艺术家 / 高瑀著 . —桂林：广西师范大学出版社，2022.11
ISBN 978-7-5598-5509-1

Ⅰ.①醉… Ⅱ.①高… Ⅲ.①中篇小说—中国—当代
Ⅳ.① I247.5

中国版本图书馆 CIP 数据核字 (2022) 第 193000 号

醉酒艺术家
ZUIJIU YISHUJIA

出 品 人｜刘广汉
策划编辑｜尹晓冬
责任编辑｜王荣光
助理编辑｜宋书晔
装帧设计｜简　枫
营销编辑｜徐恩丹
"艺术家与文字"系列主持｜简　枫

广西师范大学出版社出版发行

（广西桂林市五里店路 9 号　邮政编码：541004）
网址｜http://www.bbtpress.com
出版人｜黄轩庄
全国新华书店经销
销售热线｜021-65200318　021-31260822-898
山东临沂新华印刷物流集团有限责任公司印刷
（临沂高新技术产业开发区新华路 1 号　邮政编码：276017）
开本｜787 mm×1 092 mm　1/32
印张｜6　　　　　　　字数｜85 千字
2022 年 11 月第 1 版　　2022 年 11 月第 1 次印刷
定价｜58.00 元